Johann Georg Daniel Arnold

Der Pfingstmontag

Lustspiel in Strassburger Mundart

Johann Georg Daniel Arnold

Der Pfingstmontag
Lustspiel in Strassburger Mundart

ISBN/EAN: 9783743300262

Hergestellt in Europa, USA, Kanada, Australien, Japan

Cover: Foto ©Andreas Hilbeck / pixelio.de

Manufactured and distributed by brebook publishing software
(www.brebook.com)

Johann Georg Daniel Arnold

Der Pfingstmontag

Der
Pfingstmontag.

Lustspiel in Straßburger Mundart

von

J. G. D. Arnold.

Mit Arnolds Leben und Schriften von Ernst Martin.

Straßburg,

J. H. Eb. Heitz (Heitz und Mündel).

1893.

Arnolds Leben und Schriften.

von

Ernst Martin.

Johann Georg Daniel Arnold warb ben 18. Februar 1780 zu Straßburg geboren; sein Geburtshaus, Nicolaus-gäßchen 12, brannte 1873 ab, doch ist eine Abbildung erhalten und z. B. in Seyboths Werk: „Das alte Straßburg" S. 186 zu finden.

Sein Vater war ein wohlhabender Küfermeister; seine Mutter starb früh, doch die Stiefmutter gewann seine volle Liebe. Er besuchte das Gymnasium bis zu bessen Aufhebung in der Revolutionszeit und trat dann fünfzehn-jährig in das Kriegsbüreau des Departements Niederrhein. Als sein Vater 1797 starb, ohne ihm Vermögen zu hinterlassen, fand er als Hofmeister seinen Unterhalt und durfte die Vorlesungen besuchen, welche Oberlin, Koch und andere Professoren der ehemaligen Universität unentgeltlich hielten. 1801 bis 1803 studierte er in Göttingen. Auf der Rückreise warb er in Weimar, am 9. August 1803, von Schiller an Goethe, der sich damals in Jena aufhielt, mit den Worten empfohlen: „Er hängt an dem deutschen Wesen mit Ernst und Liebe." In Paris, wo sein ehe-

maliger Lehrer Koch seinen Einfluß in der Konsu'arre
gierung für ihn verwendete, ward er Advokat, begleitete
aber zunächst 1804 Freunde nach Italien, was ihn be-
sonders nach der Rückkehr in unerfreuliche Abhängigkeit
brachte. 1806 erreichte er seinen Wunsch zum Professor
ernannt zu werden, zuerst an der Rechtsschule in Koblenz,
dann von 1809 ab in Straßburg, wo er freilich zunächst
bis 1811 noch Geschichte vorzutragen hatte. In Koblenz
mit ihm bekannt geworden, zog ihn in Straßburg der treff-
liche Präfekt Lezay be Marnesia in Verwaltungssachen, be-
sonders für Unterrichts- und Wohlthätigkeitsanstalten zu Rate;
auch ward er 1820 Mitglied des Direktoriums der Augs-
burgischen Konfession und zugleich ständiger Dekan der Rechts-
fakultät. 1818 reiste er nach England. Ausflüge in die Vogesen
liebte er schon als Botaniker: mehrere Pflanzen hat er
hier zuerst gefunden. 1823 verheiratete er sich mit Hen-
riette Beisser, der Tochter eines ehemaligen Maire von
Rappoltsweiler; sie schenkte ihm ein Töchterchen. Im
Hause seines Schwiegervaters ward er 1829 an seinem
Geburtstage von einem Schlaganfall hinweggerafft.
Die allgemeine Trauer bezeugen die Discours prononcés
aux obsèques de Mr. G. D. Arnold, Strasbourg 1829.
Sein Grab auf dem Kirchhof St. Gallen bei Straßburg ist seit
1878 mit einer Statue von Andreas Friedrich geschmückt.
Von Arnolds Schriften gehört seiner Fachwissenschaft
an: Elementa juris civilis Justinianei cum codice ci-
vili et reliquis qui in imperio Francogallico obtinent
legum codicibus juxta ordinem institutionum collati ...
ed. G. D. Arnold; Parisiis, Lenormant et Argentorati,
Levrault 1812; mit besonderem Anschluß an Heineccius.
Noch in jungen Jahren hatte er eine Chronik der franzö-
zösischen Revolution 1789—1795 verfaßt; doch weiß man

davon nur durch die Biographie von Rauter, ebenso wie
von Arnolds Beschreibung seiner italienischen Reise 1804,
welche er nur in wenigen Exemplaren drucken ließ und
an seine Freunde verschenkte. Erhalten ist: Notice litté-
raire et historique sur les poëtes Alsaciens, Paris 1806,
ein Sonderabbruck aus dem Magasin Encyclopédique
von Millin. Die Behauptung von Fargès-Méricourt, «que
l'Alsace ne sauroit citer un poëte parmi les écrivains
qu'elle a produits», widerlegt Arnold durch eine kurze,
aber ganz vortreffliche Aufzählung der elsässischen Dichter.
Von den deutschen Dichtern preist er besonders Goethe,
und in der That hat er selbst, als Dichter, Goethes Dich=
tungen aus dessen classischer Zeit vielfach nachgeahmt;
selbst der Pfingstmontag läßt sich als Seitenstück zu Her=
mann und Dorothea auffassen. Früh begann Arnold seine
dichterische Thätigkeit; er dachte noch zuletzt an eine poe-
tische Bearbeitung der elsässischen Geschichte. Eine Aus=
wahl seiner Gedichte ist in die Ausgabe des Pfingstmon=
tags von 1850 aufgenommen worden. Mehrere Gedichte
und Aufsätze vom Jahre 1800 sind in den „Erholungen
junger Alsatier" erhalten, welche die Landes= und Uni=
versitätsbibliothek zu Straßburg in der Sammlung Heitz
unter Nr. 3598 besitzt: Proben daraus hat A. Schricker
in der noch anzuführenden Schrift mitgeteilt. Weit anzie=
hender als Arnolds hochdeutsche Dichtung ist seine Dialekt=
poesie. Ob F. W. Bergmann Recht hat, ihm das IV., V.,
und IX. der „Straßburger Volksgespräche" (Straßburg
1873, S. 86, 109, 143) zuzuschreiben, steht dahin. Aller-
dings hat Arnold auch ohne seinen Namen den Pfingst=
montag drucken lassen, 1816. Die ausgezeichnete Beur-
teilung, welche Goethe in seiner Zeitschrift „Ueber Kunst
und Altertum", II. Band 2. Heft (Stuttgart 1820, S. 122—

155) dem Pfingſtmontag hatte zu Teil werden laſſen, wurde von Arnolds Freunden zu Straßburg 1820 wiederholt; ſie folgt auch hier. Von den ſpäteren Ausgaben iſt ſehr wertvoll die 1850 zu Straßburg erſchienene: „Der Pfingſtmontag, Luſtſpiel in Straßburger Mundart in fünf Aufzügen und in Verſen von Johann Georg Daniel Arnold, weiland Dekan der Rechtsfakultät in Straßburg, zweite Ausgabe, ausgeſtattet mit 40 Originalzeichnungen von Theophile Schuler, einer Auswahl aus Arnolds hinterlaſſenen Gedichten, einer Biographie des Dichters von Herrn Dekan Ranter, einer Beurtheilung dieſes Werkes von Goethe und einem Idiotikon ſtraßburger Ausbrücke durch Herrn Hartmann vermehrt, nebſt dem Porträt Arnolds." (Straßburg bei E. Simon, Treuttel und Würtz und C. F. Schmidt). Dieſe Ausgabe ward, mit etwas veränderten Beigaben, im Jahr 1867 wiederholt. 1850 erſchien auch ein Abdruck der erſten Auflage, in Raſtatt bei W. Mayer; 1874 eine revidierte, mit Einleitung von L. Spach, zu Straßburg bei R. Schultz u. Co; wonach auch der 1886 als Beiblatt zum „Meiſelocker" erſchienene Text veranſtaltet iſt; endlich o. J. in Leipzig bei Reclam eine von Robert Haas beſorgte Ausgabe. Eine anmutige Einführung für den altdeutſchen Leſer bietet Aug. Schricker in „Pfingſtſonntag und Pfingſtmontag, eine altſtraßburger Erzählung nach dem alemanniſchen Luſtſpiel des Daniel Arnold: Pfingſtmontag" (Nördlingen, C. H. Beck 1880). Die Beliebtheit des Stückes im Elſaß haben zahlreiche Aufführungen bis in die Gegenwart bekundet. Das „lebendige Idiotikon", wie Goethe den Pfingſtmontag genannt hat, möge auch für das neugeplante „Wörterbuch der elſäſſiſchen Mundart" Mitarbeiter und Leſer gewinnen!

Goethes Beurteilung.

Das große Verdienst dieses Kunstwerks um die deutsche Sprache, jenen bedeutenden Straßburger Dialekt, und nebenher die verwandten oberdeutschen, lebhaft und ausführlich dargestellt zu haben, ist wohl eben Ursache, daß es nicht nach seinem eigentlichen Werte allgemein beachtet werden kann; denn indem es jenen Kreis vollkommen aus- füllt, verschließt es sich vor dem übrigen Vaterlande; wir wollen da- her versuchen, dessen Vorzüge unsern sämtlichen lieben Landsleuten eingänglicher und anschaulicher zu machen.

„In jeder Volksmundart," sagt der Verfasser, „spricht sich ein eigenes inneres Leben aus, welches, in feinen Abstufungen, eine be- sondere Nationalcharakteristik darbietet." Dabei drängte sich uns folgende Betrachtung auf: Wenn man auch keineswegs den Nutzen ableugnen darf, der uns durch so manche Idiotiken geworden ist, so kann man doch nicht ableugnen, daß jene soeben berührten, in einer lebendigen, lebhaft gebrauchten Sprache unendlich mannigfaltigen Ab- stufungen unter der Form eines alphabetischen Lexikons nicht be- zeichnet werden können, weil wir nicht erfahren, wer sich dieses oder jenes Ausdrucks bedient, und bei welcher Gelegenheit? Deswegen wir auch in solchen Wörterbüchern hie und da die nützliche Bemerkung finden, daß z. B. ein oder das andere Wort vom gemeinen und ge- meinsten Volke, wohl auch nur von Kindern und Ammen gebraucht werde.

Die Unzulänglichkeit einer solchen Behandlung hat ein mit dem Straßburger Volkskreise von Jugend auf innigst bekanntes Talent wohl und tief gefühlt und uns ein Werk geliefert, das an Klarheit und Vollständigkeit des Anschauens und an geistreicher Darstellung unendlicher Einzelheiten wenig seines Gleichen finden dürfte. Der Dichter führt uns 12 Personen aus Straßburg und drei aus der Umgegend vor. Stand, Alter, Charakter, Gesinnung, Denk- und Sprechweise kontrastieren durchaus, indem sie sich wieder stufenartig aneinander fügen. Alle handeln und reden vor uns meist dramatisch lebhaft; weil sie aber ihre Zustände ausführlich entwickeln sollen, so neigt sich die Behandlung ins Epische, und damit uns ja die sämt- lichen Formen vorgeführt werden, weiß der Verfasser den anmutigsten

lyrischen Abschluß herbeizuleiten. Die Handlung ist in das Jahr 1789
gesetzt, wo das althergebrachte Straßburger Bürgerwesen sich gegen
neuernden Einfluß noch einigermaßen derb und zäh bewahren konnte;
und so wird uns das Werk doppelt wichtig, weil es das Andenken
eines Zustandes erhält, welcher später, wo nicht zerüttet, doch ge-
waltsam durcheinander gerüttelt worden. Die auftretenden Charaktere
schildern wir kürzlich der Reihe nach.

Starkhans, Schiffsbauer und großer Ratsherr; tüchtiger Bür-
ger, folgerechter Hausvater, aufs Zärtlichste gegen seine einzige
Tochter gesinnt. Ein jüngerer Sohn, Danielchen, kommt nicht zum
Vorschein und spielt schon durch sein Außenbleiben eine Rolle.
Dorthee, seine Gattin; wackere Hausfrau, strenge Wirtschafterin;
gar Vielem, was sie mißbilligt, mit Heftigkeit begegnend und wider-
strebend. Lissel, ihre Tochter; reines, bürgerliches Naturkind, ge-
horsam, teilnehmend, wohlthätig, unschuldig liebend, sich an ihrer
Liebe mit Verwunderung erfreuend. Mehlbrüh, Feuerspritzen-
macher und kleiner Ratsherr; in Sprichwörtern redend und als
Mechanicus sich höher versteigend, an Sympathie glaubend, nicht
weniger an Physiognomik und Dergleichen. Rosine, dessen Gattin;
verständige, gemächliche Frau, ihrem Sohne eine vorteilhafte, wo
möglich reiche Heirat wünschend. Er ist Wolfgang genannt,
Magister und Abendprediger; im Besitz hochdeutscher Sprache und
Bildung; einfachen, vernünftigen, verständigen Sinnes, fließender,
löblicher Unterhaltung. Christinel; Mädchen von zwanzig Jahren,
und doch leider schon die älteste ihrer Gespielinnen; guter Art, aber
eifrig und listig, gewandt, nach Heirat strebend. Licentiat Mehl-
brüh; Hagestolz. Karikatur eines alten, halbfranzösierten, mittel-
bürgerlichen Straßburgers. Reinhold, Mediciner Doctorand, von
Bremen gebürtig; vollendete deutsche Kultur und Sprache, einiger-
maßen enthusiastisch, halbpoetischen Ausdrucks. Frau Prechtere;
mäßige Frau, um ihrer Tochter willen lebend. Kläre!; gleich als
unglückliche Liebhaberin auftretend, dem jungen geistlichen Wolfgang
mit Herz und Seel' ergeben. Rein und schön, wie Lissel, an auf-
fallend würdiger Gestalt ihr vorzuziehen; auf einer höheren Stufe
der Empfindung, des Gedankens und Ausdrucks. Glässer, von
Kaisersberg; Kaufmann, in Kolmar wohnhaft, Meisterstück eines
wackern in einer Stadt zweiter Ordnung ausgebildeten Charakters.
Bärbel, Nachbarin; roheste, heftigste, mit Schimpf- und Droh-
worten freigebigste Person. Bryd, Magd bei Starkhans; neunzehn-
jährig; reine, derbe Mägdenatur, heiter und artig; mit der Frau
im Widerstreit, Herrn und Tochter aufrichtig ergeben, Christlieb,
Pfarrer aus dem Ortenauischen, Klaus aus dem Kochersberg,
kommen erst gegen das Ende, um mit Glässer Dialekt und Cha-
rakter der Umgegend darzustellen.

Nunmehr zeichnen wir vor allen Dingen den Gang des Stücks,

um alsdann weitere Betrachtungen folgen zu laſſen. Hierbei iſt
unſere Hauptabſicht, denen, die es leſen, durch einen allgemeinen Be-
griff des Inhalts jeder Scene über die einzelnen Sprachſchwierig-
keiten hinauszuhelfen.

Erſter Aufzug.

(Pfingſtſonntag Nachmittag. Starkhans' Wohnung.) Frau Dorthee
ſchilt ihre Tochter Liſſel ſehr heftig, daß ſie einen Spaziergang mit
den Eltern ausſchlägt, worauf ſie ſich doch vor kurzem ſo ſehr ge-
freut habe. Der Vater nimmt ſich des Mädchens an, der die Thränen
in die Augen kamen. Die Mutter läßt ſich begütigen und geht mit
dem Vater allein ſpazieren. Kaum iſt Liſſel von ihnen befreit, ſo er-
klärt ſich, daß ſie einen Liebhaber in allen Ehren erwarte, von deſſen
holder, tüchtiger Perſönlichkeit ſie ganz und gar durchdrungen iſt.
Nur bedauert ſie, daß er das wunderliche Hochdeutſche rede, worin
ſie ſich nicht ſchicken könne. Sie wünſcht in Deutſchland erzogen zu
ſein und nicht in einer unglücklichen Penſion an der Lothringer
Grenze, wo ſie weder deutſch noch franzöſiſch gelernt. Chriſtinel
kommt und will den zaudernden Liebhaber verdächtig machen. Liſſel
vernimmts nicht, und da Reinhold hereintritt, iſt ſie voll ſtiller
Freude. Seine geſuchte, ſchwülſtige Rede bleibt den guten Mädchen
unverſtändlich; ſie legen ſich's gar wunderlich aus. Ebenſo verſteht
er ſie nicht, als ſie verlangen, daß er ſie auf den Spaziergang be-
gleiten ſoll. Endlich werden ſie einig; Liſſel will nur noch den jüngern,
verzogenen Bruder, Danielele, abwarten, um ihn, wie ſie den Eltern
verſprochen, mitzunehmen. Reinhold ſoll indeſſen ſeinen Freund Wolf-
gang herbeiholen. Der deutſch-franzöſiſche Licentiat tritt auf; er
merkt den Mädchen ſogleich ab, daß ſie einen Spaziergang vorhaben
und droht, ſie überall hin zu verfolgen. Durch ein Märchen von
einer Offiziersleiche werden ſie ihn los. Chriſtinel entfernt ſich für
einen Augenblick. Herr Mehlbruh und Frau Roſine treten auf; ſie
quälen Liſſel mit einer nahen Heirat, ohne den Bräutigam zu nennen,
und da ſie mit ihnen zu ſpazieren gleichfalls ablehnt, gehen ſie
weiter. Chriſtinel tritt zu Liſſel, die mit großen Freuden für bekannt,
annimmt, daß ſie mit Reinhold werde verheiratet werden. Die Freundin
aber behauptet, es ſei der Wolfgang gemeint. Chriſtinel bleibt allein,
und es ergiebt ſich, daß ſie auf Reinhold ſelbſt Abſicht habe. Dieſer
und Wolfgang treten auf; die Jünglinge bequemen ſich zur ſchlichten
Proſa, damit das Mädchen ſie verſtehe. Sie gebraucht nun die Liſt,
erſt von Wolfgang ein Bekenntnis herauszulocken, daß er liebe. Der
Freund, dem er nichts davon vertraut, verwundert ſich befremdet,
und ſie ſagt ihnen keck und kühn ins Geſicht, der Gegenſtand ſei
Liſſel. Reinhold, über den Verrat ſeines Freundes aufgebracht, ent-
fernt ſich, Wolfgang ihm nach; Chriſtinel überlegt, was weiter zu
thun? Nachdem auch ſie den Platz verlaſſen, treten beide Freunde

wieder auf, und es erklärt sich, daß Wolfgang in Klärel verliebt sei, jetzt nur gegen sie zurückhaltend, weil er die Einwilligung seiner Eltern, die ihn freilich an das reichere Lissel zu verheiraten wünschten, erst durch Vorsprache bedeutender Gönner müsse zu erlangen bemüht sein.

Zweiter Aufzug.

(Starkhans' Wohnung bleibt.) Bryd legt Frau Dortheen die Markt-rechnung ab; die strenge haushälterische Knauserei zeigt sich an dieser, an jener eine hübsche, reine Mägdehaftigkeit. Bryd bleibt allein und spricht mit wenigen Worten das Lob des Hausherrn und der Jungfer. Der Licentiat tritt zu ihr und beginnt gleich etwas antastlich zu charmieren; das Mädchen, neckisch gewandt, weicht aus, er verliert das Gleichgewicht, fällt zu Boden und verrückt Anzug und Kopfputz. Bryd schickt sich an, ihn wieder herzustellen, und im Gespräch wird verplaudert, daß Lissel den Reinhold heiraten werde. Er selbst scheint Absicht auf das Mädchen zu haben, und als Frau Dorthee herein-tritt, bringt er seine Werbung an, fährt aber ab.

(Andere bürgerliche Wohnung.) Frau Prechtere und Klärel. Letztere kündigt sich an als liebend und leidend. Nie ist eine volle, herzliche, auf das Verdienst des Geliebten gegründete Leidenschaft schöner aus-gedrückt worden, die Sorge ihn zu verlieren nie rührender. Die Mutter tröstet sie im Allgemeinen und rät ihr, die Liebe Gläßlers aus Colmar nicht ganz abzuweisen. Der Licentiat kommt herein, und da man des Mädchens Zustand durch ein Kopfweh entschuldigt, ist er mit Rezepten freigebig; noch freigebiger mit Katzengeschichten, als die Mutter, um seine Fragen abzulehnen, vorgiebt, es sei der Toch-ter eine geliebte Katze gestorben. Vor Ungeduld läuft das Mädchen fort. Lissels Heirat kommt zur Sprache. Gläßler und Christinel treten auf; Jener ist herzlich und heftig verliebt in Klärel, und er-hebt ihr Verdienst fast ausschließlich. Der Licentiat behauptet, in Straß-burg gäb' es dergleichen viel; das komme von der guten Kinder-zucht, die er umständlich ausführt, und deshalb von Gläßler für einen Familienvater gehalten werden muß. Nun aber wird er lächer-lich, indem er sich als Hagestolzen bekennt, doppelt aber, als Klärel und Christinel eintreten, und er umständlich erzählt, wie ihn die Mädchen mystifiziert. Gläßlers treubürgerliche Liebe bricht wieder lakonisch unschätzbar hervor. Der Licentiat tadelt ihn deshalb nicht, weil in Colmar solche Mädchen, wegen Mangel an Gelegenheit zu ihrer Ausbildung nicht gefunden würden, auch überhaupt es dort nicht sonderlich bestellt sei. Gläßlers Colmarscher Patriotismus äußert sich ebenso derb und tüchtig wie seine Liebe; er fragt, ob sie in Straßburg einen Pfeffel hätten? und wird im Hin- und Widerre-den heftig, grob und drohend. Frau Prechtere verbietet sich solchen Lärm in ihrem Hause. Der Licentiat entfernt sich. Christinel, nach ihrer anschmiegenden Weise, erkundigt sich bei Gläsler nach Colmar und der Umgegend; er beschreibt das Oberelsaß lakonisch, dessen Berge, Schlösser, Hügel, Thäler und Flächen; es erscheint vor unserer Einbildungskraft weit und breit und genußvoll. Aber er hat auch selbst Pferde, um seine Freunde und seine Gäste, die er hiermit einladet, überall herumzukutschieren. Christinel hilft ihm schmeichlerisch nach, Klärel nur lakonisch und begiebt sich, sein Uebelsein vorwendend, mit der Freundin weg. Frau Prechtere gesteht Gläslern, daß ihre Tochter sich um Wolfgang gräme. Gläsler antwortet, es sei ihm ganz recht; denn wenn jener sie verlasse, könne sie ihn ja haben. Gläsler, allein, drückt seine Liebesqual gar wunderlich aus. Reinhold tritt hinzu, und da er hört, Klärel sei krank, fragt er leidenschaftlich, warum man Wolfgang nicht hole? Dabei ergiebt sich, daß dieser nicht untreu sei, und daß Gläsler wohl auf Klärel Verzicht thun müsse. Der Gute von Colmar, in Verzweiflung, geht ab. Reinhold, allein bleibend, macht verständige, zarte Betrachtungen über den gegenwärtigen Zustand der sämtlichen Liebenden, wo das Künftige glücklich vorbereitet wird.

Dritter Aufzug.

(Mehlbrühs Wohnung.) Man hat Gäste zum Abendessen geladen. Frau Dorthee findet sich ein, entschuldigt bei Frau Rosine, daß sie das liebe Danielele, welches noch immer nicht zu sehen ist, nicht mitbringen können. Auf Kinderspiele, denen das liebe Söhnlein unmäßig ergeben, wendet sich nun das Gespräch. Sie sehen hierauf durch's Fenster Base Bärbel herankommen und reden gleich Uebels genug von ihr. Sie tritt auf, zeigt sich als leidenschaftlich gemein, schüttet ihren Haß gegen Reinhold aus, schildert ihn als Trunkenbold und von den schlechtesten Sitten. Endlich entdeckt sich's, woher ihre Wut sich schreibe. Er hat nämlich einmal, sie nicht kennend, gefragt, oder soll gefragt haben: Wer ist denn die dort, die roten Puder braucht? d. h. die rote Haare hat. Dieses gehe nun an allen Brunnen und auf allen Märkten umher, da sie doch gar wohl noch zu den blonden gehöre. Ihre Raserei hat keine Grenzen, sie droht ihm aufpassen, ihn ausprügeln zu lassen. Nun bleiben die beiden Frauen allein. Bärbels Herkunft, Schicksal und unglückliche Erziehung wird meisterhaft geschildert und abgeleitet. Sodann äußert Frau Rosine den Argwohn, daß Lissel ihren Sohn Wolfgang eigentlich nicht liebe, sondern Reinhold. Vergebens will Frau Dorthee es ihr ausreden, die Differenz läßt sich nicht heben; einig aber als Hausfrauen, eilen sie zu sehen, ob der Abendtisch gut gedeckt und bestellt sei. Mehlbrüh und Reinhold kommen als Gäste. Beim Erwähnen eines kranken Kindes in der Familie geraten sie auf die Medizin. Mehlbrüh bekennt seinen Glauben an Sympathie und an einen Mischmasch wahrer und erträumter Wunderkräfte der Natur. Ingleichen hält er viel auf

Physiognomik. Er geht ins Tafelzimmer. Reinhold, zurückbleibend, hält eine Lobrede auf Straßburg und dessen Bewohner, schätzt sein Glück, hier zu heiraten, sich anzusiedeln. Wolfgang kommt. Reinhold berichtet, wie er die entschiedene Leidenschaft Klärels zu seinem Freund entdeckt. Die beiden Liebhaber schildern und loben ihre Mädchen wechselseitig und begeben sich zum Abendessen. Bärbel und Christinel treten auf und mustern die geladenen, eingetroffenen und ausgebliebenen Gäste, denen sie auf das schlimmste mitspielen. Bärbel bleibt allein und entdeckt ihren Vorsatz, Reinhold, wenn er vom Essen weggehen werde, überfallen zu lassen. In diesem Sinne entfernt sie sich. Der Licentiat tritt auf, und da er seine Absichten auf Lissel immer noch durchzusetzen gedenkt, ist ihm eine Nachricht ganz willkommen, Reinhold habe falsche Wechsel geschmiedet und werde deßhalb mit Steckbriefen verfolgt.

Vierter Aufzug.

(Mehlbrühs Haus bleibt.) Frau Dorthee und Mehlbrüh treten auf; sie glauben dem Gerücht, daß Reinhold ein Schelm sei und beschließen, daß beide Familien sich vor ihm in Acht nehmen sollen, bis der Handel aufgeklärt ist.

(Starkhans' Wohnung.) Er und Lissel kommen. Der Vater giebt ihr scherzhaft zu raten auf, was er ihr für ein Geschenk bestimme. Nachdem er sie lange hingehalten, löst er endlich das Rätsel und sagt, es sei ein Mann. Lissel, nur an Reinhold denkend, läßt es ohne weiteres gelten. Für sich allein drückt sie ihr Entzücken gar anmutig aus. Die Mutter kommt; auch diese spricht von einem Manne; es erklärt sich aber bald, daß Wolfgang gemeint sei. Von diesem will Lissel ein für alle Mal nichts wissen. Mutter und Tochter erzürnen sich. Starkhans tritt in den Lärm herein, und da er etwas zu tief ins Glas geguckt, wird die Sache nicht besser. Das Mädchen geht weinend zu Bette; Vater und Mutter machen sich wegen der Kinderzucht Vorwürfe und entfernen sich. Der Lizentiat kommt in schmutzigen und elenden Umständen, geführt von Gläser, Christinel und Bryd. Er ist den von Bärbel angestellten Aufpassern in die Hände geraten, doch, da sie ihn bald als den Unrechten erkannten, nur oberflächlich übel zugerichtet worden. Mehlbrüh, ob es gleich schon Nacht ist, kommt zu Starkhans, offen zu erklären, daß Wolfgang in eine Heirat mit Lissel nicht einstimme, und da, im Verlauf des Gesprächs, das Vermögen beider Familien in die Rede kommt, entzweien sich die Väter aufs Heftigste; sodann machen es die beiden Mütter nicht besser, und Frau Rosine zeigt sich zuletzt entschieden, ihren Sohn zu keiner Heirat zwingen zu wollen.

Fünfter Aufzug.

(Pfingstmontag Morgen. Oeffentlicher Platz.) Die beiden Freunde treten auf, und in welcher Lage die Liebesangelegenheiten sich befinden, wird klar.

(Mehlbrühs Wohnung.) Wolfgangs Eltern, hört man, sind durch Herrn Stettmeister bewogen worden, in die Verbindung mit Klärel zu willigen; sie fühlen sich über die Ehre, die eine hohe Magistratsperson ihrem Wolfgang sowohl als seiner Geliebten durch Lob und Teilnahme bewiesen, höchst entzückt, und der Vater findet des Sohnes eintretende Braut, die er zum erstenmal sieht, selbst bedeutend schön. Eine kurze, aber höchst liebliche Scene.

(Starkhans' Garten.) Der Lizentiat erklärt monologierend, daß er die Heirat Gläslers und Christinels durch eine Ausstattung begünstigen werde, da ihr Vormund erst in einem Jahre, wenn sie majorenn geworden, seine Zustimmung geben wolle. Gläsler und dessen Geliebte haben sich um ihn bei dem Unfall von gestern Abend sehr verdient gemacht; er will sie glücklich wissen, da er selbst vom Heiraten abgeschreckt ist. Starkhans und Frau Dorthee treten höchst vergnügt auf. Reinhold ist aller Schuld entbunden; der Steckbrief galt einem Landläufer, und ein Brief von Reinholds Vater an Starkhans ist angekommen. Dieser, Senator von Bremen und Doktor Juris, hält den Ratsherrn von Straßburg auch für einen entschiedenen Juristen und Graduirten, tituliert ihn Hochwohlgeboren, wodurch der Schiffsbauer sehr geschmeichelt ist und dem Ansuchen Reinholds um Lisel nicht mehr widerstehen kann. Die Gesellschaft versammelt sich; manche angenehme, aufklärende Familienunterhaltung wird gepflogen.

In dieser frohen Stunde erinnern sich endlich die beiden Väter, daß sie noch zu den letzten alten Meistersängern gehören, die auf der Herrenstube bis 1781 gesungen haben. Pfarrer Christlieb aus Ortenau tritt auf, da sie sich schon feierlich niedergelassen. Ein liebenswürdiger junger Mann, der den Tod einer angebeteten Braut nicht verwindet. Aufgefordert, singt er ein sehnsüchtiges Lied in hochdeutscher Sprache. Wolfgang preist gleichermaßen eine glückliche Liebe, Reinhold die gegenwärtige festliche Geselligkeit. Starkhans feiert im Elsässer Dialekt das Lob der Stadt Straßburg, und damit es an Lächerlichem nicht fehle, trägt der Lizentiat ein Gedicht vor mit falsch accentuierten Endreimen, wie es wohl halbgebildeten Menschen begegnet, die, in ungeschicktem Buchstabieren sich verwirrend, Quantität und Betonung falsch nehmen. Bäuerisch gemein, aber wacker, besingt Klaus das Lob seiner Annemey. Heiter aufgeregt durch so viel Anmutiges, gibt Mehlbrüh endlich seine Einwilligung in die Heirat Gläslers und Christinels; zum Schluß aber, um das Fest vollkommen zu krönen, fahren Herr Stettmeister und Herr Ammeister, als Brautführer, an den Garten an. Die Gesellschaft zieht ihnen mit Blumensträußen entgegen, und so ist Pfingstmontag, der Starkhansischen Eheleute silberne Hochzeit, und so manche neue Verbindung auf alte Weise gefeiert. —

Nach vorgetragenem Plan und dessen Ausführung von Scene zu Scene kann wohl verlangt werden, daß wir noch einiges über Technik und Behandlung der vorzüglichsten Motive sprechen; und da dürfen wir unterrichteten Lesern nicht erst bemerklich machen, daß dem Verfasser eine löbliche Kunstfertigkeit zu Diensten stehe. Er überschreibt sein Stück: Der Pfingstmontag und beschränkt daher, wie billig, die Zeit seiner Handlung auf vierundzwanzig Stunden. Sie beginnt Pfingstsonntag nach Tische; die vier ersten Akte dauern bis tief in die Nacht. Erst als Entwicklung und Schluß tritt mit dem Morgen Pfingstmontag hervor. Der Schauplatz ist abwechselnd im Hause einer der drei Familien, auch wohl mitunter an einem unbestimmt gelassenen Orte, und vom fünften Auftritte des letzten Aufzugs an in Starkhans' Garten nahe vor dem Thore. Der Verfasser hat die Veränderung des Orts nicht über den Scenen angezeigt, wahrscheinlich um den Freunden der drei Einheiten nicht geradehin die Beweglichkeit seiner Lokalitäten zu bekennen. Allein die Klarheit des Stücks wird hierdurch äußerst getrübt, und wir haben nur mit vieler Mühe den Zweck erreicht, in unserer Darstellung der Einbildungskraft vorzuarbeiten.

Glücklich und lobenswürdig dagegen ist der Verfasser in Betracht des Silbenmaßes. Er hat den Alexandriner mit strenger Cäsur gewählt, um den Leser, besonders den auswärtigen, wegen Quantität und Betonung ohne Zweifel zu lassen, welches auch für den aufmerksamen Liebhaber vollkommen erreicht wird.

Wenden wir uns nun abermals zu dem innern Gehalte des Stücks, so sieht man aus unserm Vortrag, wie einfach und wirklich dramatisch die Anlage des Ganzen sei. Wenige Hinderungen und Mißverständnisse schürzen die unschuldigen Knoten, die sich denn auch ganz bürgerlich und natürlich zuletzt wieder auflösen. Die Manifestation der auftretenden Charaktere, die Ankündigung der Figuren, die man erwartet, die Bezeichnung der Persönlichkeiten abwesender und gegenwärtiger Individuen ist musterhaft. Das klüglich gebrauchte Mittel, durch liebreiche Scheltworte, die in jenem Dialektskreise nicht selten sind, mit scheinbarer Ungunst etwas günstig zu bezeichnen, ist erfreulich wirksam, so wie direktes, redliches Lob, direkte gehässige Mißreden uns mit allen Figuren nach und nach hinlänglich bekannt machen.

Auf gleiche Weise, jedoch mit epischer Ausführlichkeit, werden wir mit allen häuslichen, geselligen, örtlichen Zuständen bekannt. Die Stadt von einem Ende zum andern, Straßen und Gäßchen, Plätze und Winkel, Wirts- und Lusthäuser, innen und außen, Zeitvertreib und Spiel der Alten wie der Jungen, Vorurteil, Aberglauben, Gespenster und was nicht sonst, alles kommt ausführlich an die Reihe, so daß keine dunkle Stelle im ganzen Bilde bleibt. Das grenzenlose Spazierengehen, das Durcheinanderrennen der Familienglieder aus

einem Hause ins andere und die dadurch bewirkte augenblickliche Theil-
nahme in Freud' und Leid hat der Verfasser beständig benutzt, um
seine sonst vereinzelt und zerstückelt erscheinenden Scenen vor unserm
Gefühl zu motivieren.

Die hochdeutsche Bürgersprache der beiden Liebhaber läßt schon
darin einen zarten Unterschied bemerken, daß Wolfgang eine ruhige
Prosa, wie sie dem protestantischen Geistlichen ziemt, zugeteilt ist,
Reinhold aber einige Floskeln und Phrasen anzubringen pflegt, wo-
durch er den liebenden, liebenswürdigen Mädchen unverständlich wird.
Lissel ist das reine Straßburger Bürgerkind, in einer dumpfen Er-
ziehungsanstalt zu St. Didier werder verdorben noch gefördert.
Klärel, auf dem rechten Rheinufer gebildet, durch Liebesschmerz er-
höht und beim Ausdruck der edelsten Gefühle den Elsässer Dialekt
nicht verleugnend, begünstigt einigermaßen den Uebergang zu der
reinern Sprache der Liebhaber. Ebenso zeichnen sich der große und
kleine Ratsherr, Schiffsbauer und Spritzenmacher voneinander aus;
jener, tüchtig und das Nächste suchend, spricht ohne Umschweif; dieser,
in wunderlichen Liebhabereien befangen, muß auch mit seiner Sprache
überall herumtasten, sich in Sprüchwörtern vorzüglich gefallen. Nun
aber führen uns die Mütter in den innern Haushalt, die Magd auf
den Markt, die heftige Nachbarin in die gemeinsten Umgebungen
und Verhältnisse. Der Licentiat Mehlbrüh, beschränkt und affektiert,
giebt die Einmischung gallisch-deutsch ausgesprochener Worte und alle
Unarten jener Zwitterherrschaft aufs deutlichste zu erkennen.

Wir maßen uns nicht an, die durchgängigen Feinheiten alle zu
unterscheiden, zu beurteilen, aber glauben behaupten zu dürfen, daß
unter den genannten Personen alle Abstufungen der Sprache verteilt
sind, an welchen man Stand, Beschäftigung und Sitte auf das ent-
schiedendste gesondert erkennen kann; deswegen wir denn diesem
Werke den Ehrennamen eines lebendigen Idiotikons wiederholt zu
gewinnen wünschen.

Und so enthalten wir uns auch nicht, nochmals die Menschenkennt-
nis des Verfassers zu rühmen, der nicht etwa nur die Einsichten in
das Gemeintägliche darthut; er weiß vielmehr auch das Edle und
Erhabene in diesen reinen Naturmenschen zu finden und nachzu-
bilden. Vortrefflich gezeichnet sind Lissels Aeußerungen einer sittlich-
sinnlichen Liebe, Klärels Trauer über befürchteten Verlust eines ein-
zig geschätzten Mannes. Die Einführung Klärels in die Familie des
Bräutigams, die Todesgedanken des Vaters mitten im Glück, alles
ist so tief und rein, als es nur irgendwo aufzuweisen wäre. Ja die
Worte Lissels: Diß macht merr nix! do geh i mit! stehen
als erhabener Lakonismus dem oft gerühmten Qu'il mourut! des
Corneille völlig zur Seite. Man verzeihe uns Vorliebe und Vor-
urteil und unsere, vielleicht durch Erinnerung bestochene Freude an
diesem Kunstwerk.

Trafen wir sodann auf die gewaltsamen Schimpf- und Schmähreden, auf gehässige Darstellung so mancher Persönlichkeit, so fanden wir uns zu der Betrachtung genötigt, daß Gesinnung und Redeweise sich in Straßburg dreihundert Jahre lang, um nicht länger zu sagen, unverändert erhalten habe, indem sich eine freie, freche, unbändige Originalität in die untersten Stände geflüchtet. Sebastian Brandt und Geiler von Kaisersberg sind ihren Ruhm und Ruf doch auch nur einer heftigen, alles mißbilligenden, beschränkten Denkart und einer schonungslosen Darstellungsweise schuldig; und wenn Bärbel und Christinel sprechen, so vernimmt man ganz genau die Nachkommenschaft jener würdigen Männer. Auch diese ungebildeten Mädchen, wie jene hochgelahrten Doktoren, lästern die mitlebende Welt. Einem jeden armen Menschen wird seine Individualität, aus der er nicht heraus kann, sein beschränkter Zustand aufgenutzt, seine Liebhaberei, die ihn einzig glücklich macht, verleidet und verkümmert. Und so wär' es denn, nach wie vor, das alte Narrenschiff, die Narrendiligence die ewig hin und wider fährt.

Warum in gebildeten Ständen dergleichen nicht leicht vorkommt, beruht nur darin, daß die Höhergestellten, ohne besser oder anders zu sein, sich nur mehr zusammennehmen, nicht grenzenlos ihre Eigenheiten aufschließen, sondern, indem sie sich äußerlich nach allgemeinen Formen betragen, in ihr Inneres zurücktreten und von da aus den eigenen Vorteil so gut als möglich besorgen, wodurch ein allgemeines Gebrechen, der sogenannte Egoismus, über die Welt sich verbreitet, den ein jeder von seiner Seite glaubt bekämpfen zu müssen, ohne zu ahnen, daß er das Pfeifchen selbst in den Rocksalten trage. Und sodann haben wir, um übertriebene Eigenheiten zu bezeichnen, das höflichere Wörtchen Steckenpferd, bei dessen Gebrauch wir einander mehr schmeicheln als verletzen.

In gar manchem Sinne daher ist dieses Stück zu empfehlen, man betrachte nun, was es bringt oder was es anregt. Deswegen verdient es wohl, daß wir uns noch weiter damit beschäftigen, um zu seiner künftigen Verbreitung das Unsrige beizutragen. Schon aus dem, was wir gesagt, wird der nachdenkende Kenner gar leicht ermessen, daß dieses Stück für die Arbeit eines ganzen Lebens angesehen werden müsse. Die kindlichsten Eindrücke, Jugendfreuden und Leiden, abgedrungenes Nachdenken und endlich reifes, heiteres Ueberschauen eines Zustandes, den wir lieben, indem und weil er uns beengt — dies alles war nötig, um eine solche Arbeit hervorzubringen. Wie überlegt, treu und gewissenhaft die Ausführung und Vollendung sei, davon kann der wohl das beste Zeugnis geben, der gleicher Art und Kunst sich beflissen! und so sagen wir beherzt, daß im ganzen Stück kein leeres, zufälliges oder notdürftig eingeschaltetes Flickwort zu finden sei.

Das Stück spielt 1789, und wahrscheinlicherweise war es zu jener

Zeit, seinen Hauptteilen nach, schon fertig, worüber uns der Ver-
fasser, wenn es ihm beliebt, sich zu nennen, am besten belehren kann.
Es ward 1816 zum Besten der Armen der in den Kriegsvorfällen
des vorhergegangenen Jahres bei Straßburg abgebrannten Dörfer,
sowie der Straßburger Armenarbeitsschule gedruckt. Wahrscheinlich
erfüllte damals die Auflage den frommen Zweck und gelangte nicht
in den weitern Kreis der deutschen Lesewelt, da es ohnehin als ein
versiegeltes Buch anzusehen war und noch ist.

Sollte man jedoch, wie wir wünschen, zu einer zweiten Ausgabe
schreiten, so würde dabei folgendes zu beobachten rätlich sein. Ein
Schema des ganzen Stücks, nach unserer Anleitung, sollte voraus-
gehen, die Ortsveränderungen der Scenen gleichfalls angezeigt werden,
und ob wir schon sonst die Noten unter dem Text nicht lieben, so
würden wir in diesem Falle das kleine angehängte Wörterbuch unter
jede Seite verteilen, und zwar, ohne den Text durch Zeichen zu ent-
stellen, die Worte hintereinander weg, wie sie von oben bis herunter
vorkommen; der Leser fände sie gleich und leicht. Wollte man sie
zum Schluß alphabetisch wiederbringen, so würden die paar Blätter
auch wohl angewendet sein.

Durch alles das, was wir vorgetragen, glauben wir zuerst diesem
Werke den ehrenvollen Platz eines lebendigen Idiotikons in den
Bibliotheken der deutschen Sprachkenner gesichert zu haben. Ferner
werden gebildete und sich bildende Personen im langen, weiten, herr-
lichen Rheinthal von Basel bis Mainz dieses Büchlein als bekannt
wieder hervorsuchen, und das sämtliche obere Teutschland, die Schweiz
mit eingerechnet, wird aus diesem verwandten Kunstwerk Freude
und Nutzen ziehen, und vielleicht ermutigt sich ein ähnliches Talent
zu gleicher Darstellung verwandter Zustände. In wiefern es übrigens
auch in die Hände der in Mittel- und Niederdeutschland hausenden
Litteraturfreunde gelangen werde, steht zu erwarten: wenigstens
haben ihm Hebels allgemein erfreuliche Gedichte schon glücklich den
Weg gebahnt."

Vorbericht Arnolds

zur ersten Auflage.

———

Der Wunsch, den unglücklichen Bewohnern der im Feldzuge des vorigen Jahres durch Feuer verwüsteten, vordem so blühenden Dörfer in der Nähe unserer Stadt, sowie auch unsrer Arbeitsschule durch den Ertrag einer Druckschrift seinerseits eine Beisteuer überreichen zu können, hat den Verfasser zur Wahl des Gegenstandes und der Form und zur Herausgabe des vorliegenden Versuchs veranlaßt, worin die lebendige Darstellung der elsässischen Mundarten und vorzüglich des Straßburger Dialekts, eines der ältesten in Europa, bezweckt ist.

Lebende Sprachen sind fortlebende Denkmale alter Zeiten. Ihr Bestehen über den unaufhörlichen Wechsel der Dinge hinaus fesselt die Aufmerksamkeit des Geschichtsforschers, und es ergiebt sich aus der Sache selbst, von welchem Gewinn für Sprachstudium und Redekünste das Auffassen der vielfachen Mundarten einer Hauptsprache sei. Das vornehme Herabblicken der herrschend gewordenen Schriftsprache auf die treu überlieferten, herzlich kraftvollen Mundsprachen der Vorzeit hemmte in mehreren Ländern den Gesamtaufschwung des Ausdrucks in seiner Kraft und Fülle. Und wenn dieser Unbill unter anderm die überzählige Aufnahme fremder Benennungen, mitten unter angestammtem Wortreichtum, beizumessen ist, so verdankt man der Wahrnehmung desselben die lebendig erregte Aufmerksamkeit auf frühere Litteratur und Volksdialekte, nicht in Deutschland allein, sondern auch in Frankreich und England.

In jeder Volksmundart spricht sich ein eigenes inneres Leben aus, aus welchem sich in seinen Abstufungen eine besondere Nationalcharakteristik ergiebt. Bei der schriftlichen Darstellung dieses Lebens ist die Wahl eines zweckmäßigen Gewandes unerläßlich. Wenn nun für Dialekte von Landbewohnern Idylle, Elegie und Lied wetteifernd passen, so eignen sich dramatische Formen gewiß am besten für die Selbstschilderung städtischer Volkssprachen.

Somit bewegt sich in dieser Schrift die Straßburger Mundart in einer mannigfaltigen Reihe von Gesprächen, die, einem einfach geflochtenen Knoten angereiht, die treffendsten Eigentümlichkeiten derselben darstellen sollen. Das Bezwecken eines lebhaften dramatischen Interesses mußte daher umsomehr außer dem Plane des Verfassers liegen, als feierliche, pathetische und sentimentale Auftritte im Gebiete dieser Redegattungen nicht sehr einheimisch sind. Inzwischen hat er es, um den Stadt- und Landkunstrichtern nicht zu mißfallen, doch über sich genommen, die drei Einheiten des Orts, der Zeit und der Handlung streng zu beobachten; auch ist das Werkchen noch mit einigen andern Schulerfordernissen, ja sogar auch mit namhaften Proben im Fach der dramatischen Vorerzählung ausgerüstet. Sonst braucht hier wohl kaum noch bemerkt zu werden, daß der weite Umfang des Zweckes einen ausgedehnten Spielraum erforderte und in weniger denn fünf Aufzügen kaum in der Annäherung erreichbar gewesen wäre.

Von der oberelsässischen Mundart, die sich der schweizerischen schon sehr nähert und im Sundgau fast ganz schweizerisch, oder besser zu sagen, alemannisch klingt, desgleichen von dem abweichenden Dialekte der Bauern im Straßburger Bezirk sind ebenfalls Muster eingewebt, und durch das Ganze spielt hier und dort die Schriftsprache zur bessern Bezeichnung des Abstands und Erwirkung von Ruhepunkten für auswärtige Leser. Höchst merkwürdig ist es nämlich, daß die verschiedenen Völkerstämme, aus welchen die elsässische Bevölkerung besteht, sich bis auf den heutigen Tag nicht nur durch Verschiedenheit des Charakters und Körperbaues, sondern auch durch Kleidertracht und Mundart auffallend voneinander auszeichnen. So sind und sprechen die von den alten Raurachen abstammenden Einwohner, ab der Schweizergrenze bis gen Schlettstadt hin, anders als die Mittelelsässer, deren Vorfahren, die wahrscheinlich mit dem Heervest (Ariovist) der Germanen, der gegen Cäsar stritt, ins Land gekommenen Triboken gewesen sind. Von diesen scheiden sich wieder die jenseits des großen Hagenauer Forstes wohnenden Niederelsässer, welche die fränkischen Nemeten zu Stammvätern hatten, und die, dem schwäbischen Dialekte fremd, in pfälzischer Mundart sprechend, der deutschen Schriftsprache ziemlich nahe stehen. In den hinteren, rauhen Thälern der Vogesen und auf den Höhen, wo sich Elsaß von Lotharingen scheidet, leben die Abkömmlinge der einst aus der Ebene vertriebenen Ureinwohner, das Andenken an Römerherrschaft noch immer durch die Selbstbenennung Romanier (Romans) erhaltend und mit ihrem celtisch-lateinischen Sprachgemisch (Patois) den Uebergang zur französischen Sprache bildend.

Um dem Leser, besonders dem ausländischen, Betonung und Silbenmaß der Wörter besser fühlbar zu machen, hat der Verfasser das Versmaß der gereimten sechsfüßigen Jamben oder Alexandriner

gewählt, bei welchen die streng in die Mitte gesetzte Cäsur das Lesen
ungemein erleichtert, und welchen weit weniger Einförmigkeit als
Schwierigkeit der Ausführung zum Vorwurf gereichen kann. In der
von ihm angenommenen Orthographie ist er der Aussprache so viel
wie möglich treu geblieben, denn für viele Tonarten unserer Landesdialekte ist das Alphabet unzulänglich, und diese konnten daher nur
durch Annäherung angedeutet werden.*)
Uebrigens ergeht an ausländische Leser die Bitte, unserer Mundart in Hinsicht auf Harmonie und Tonausdruck doch ja nicht auf den
ersten Schriftanschein hin den Stab zu brechen. Es klingt dieselbe
treuherzig, naiv, kräftig und in einem großen Teil ihrer Tonbeugungen und Uebergänge sanft und angenehm.**) Diese Ueberzeugung
aber, die, wie es mit allen Sprachen der Fall ist, nur das Ohr und
nicht das Auge geben kann, muß im Lande selbst erlangt werden,
denn ohne eigene Wahrnehmung würde der Leser nie an dem Schrifttexte die sonderbar eigentümlichen Modifikationen der Aussprache der
Selbstlauter und Doppellauter, welche unsere Dialekte auszeichnen,
zu erraten imstande sein.***)
Als Anhang ist ein gedrängtes Wörterbuch beigefügt, damit das
Werkchen die Bestimmung eines kleinen alsatischen Sprachdenkmals
in jeder Hinsicht erfüllen möge. Sonst muß der Verfasser noch bekennen, daß, in der Hoffnung, seinen Mitbürgern eine nicht ganz
unwillkommene Gabe zu überreichen, ihm, der Schwierigkeiten in
der Ausführung ungeachtet, die müßigen Abendstunden auf das angenehmste geschwunden sind, die er seiner Arbeit angewiesen hatte.
Er empfiehlt sie somit, in Hinsicht des damit verbundenen Zweckes,
der günstigen Aufnahme des Publikums und erlaubt sich noch gegen
diejenigen, welche allenfalls solchen Fraubasengesprächen, wie sie hier
vorkommen, als verwegenen Neuerungen einen Rang in der schönen
Litteratur zu bestreiten Lust hätten, die Bemerkung, daß diese Gattung von Gedichten älter und im Gebiete der Kunst einheimischer

---

*) Siehe die folgenden Noten.
**) Die Kehltöne ch und g am Ende der Wörter, sowie auch das n daselbst, sind
immer weggelassen. Sonst ändert sich a oft in e; ö in er; o und au in u; ei
und eu in y; i in Endsilben in j; t in d; p in b; b in s; s in Endsilben in f oder w; und
statt einfacher Mittellauter in der Mitte der Wörter werden häufig doppelte gesetzt.
***) So das herzlichklingende ä im Oberelsaß und auf dem platten Land um Straßburg, wie in rächt, recht; gewänn, gewesen; das scharfe e in kâs, kein; därfe,
dürfen; wölle, wollen; häwwe, heben; dért, dorten; das stumme wie ein kurzes e
tönende e, statt der Endsilbe en und des Artikels ein, eine; zakkre (zakkra),
pflügen; gaise (gaisa), klettern; e (a) Mann; e (a) Loeue, Lüge; ein noch
kummeres e, wie in ess, uns (ganz wie das englische us); err, ihr (habt); derr,
dir; mer, wir; merr, man; das mitteltönende u in guet, Bluet, duen, thun;
Schnuer, Schnur; das geschärfte u in bu; Hus, Haus; Grus, Graus; Bur,
Bauer; der Doppellauter au, der oft wie aou, oft wie eau ausgesprochen wird;
die Doppel- und Mehrlauter ie, ia, idj, uei, ua, eau, eeau; das geschärfte i
wie in sey'flecht, triefend; Fei'lledde, Veilchen.

ift als fie glauben, indem es ſchon zu Euripides Zeiten welche gab,
die eine Lieblingslektüre des göttlichen Plato waren und ſogar in
der Folge von Theokrit ſcheinen nachgeahmt worden zu ſein.*)

---

*) Die ſogenannten Mimen Sophrens, die wahrſcheinlich der Jbylle Theokrits:
„Die Weiber beim Adonisfeſte" (Ἀδωνιαζουσαι), welche ganz im Volkston und
ſelbſt mit Nachahmung der alexandriniſchen Provinzialismen geſchrieben iſt, zum
Vorſpiel gedient haben.

Der Pfingstmontag.

Perſonen.

Hr. Starkhaus, Schiffsbauer und großer Ratsherr.
Fr. Dorothee (Dorthee), ſeine Gattin.
Lieschen (Liſſel), ihre Tochter.
Hr. Mehlbrüh (Mehlbrüej), Feuerſpritzenmacher und kleiner Ratsherr.
Fr. Roſine, ſeine Gattin.
Wolfgang, ihr Sohn, Magiſter der Philoſophie und Abendprediger.
Chriſtinchen (Chriſtinel), Mündel (Vogtskind) Hrn. Mehlbrühs.
Lizenziat Mehlbrüh, des vorigen Vetter.
Reinhold, von Bremen, der Medizin Befliſſener.
Fr. Prechterin (Prechtere), Witwe.
Klärchen (Klärel), ihre Tochter.
Gläßler, von Kaiſersberg, Kaufmann, in Kolmar wohnhaft.
Pfarrer Chriſtlieb, aus dem Ortenauiſchen.
Barbara (Berwel), Nachbarin.
Brigitte (Bryd), Magd.
Claus, Bauer aus dem Kochersberg.

Die Zeit der Begebenheit iſt im Jahre 1759.

Die Scene iſt abwechſelnd im Hauſe einer der drei Familien und vom fünften Auftritt des letzten Aufzugs an im Gartenſaale des Starkhanſiſchen Landguts in der Nähe der Stadt.

———

Erster Aufzug.

Starkhans' Wohnung.

Erster Auftritt.

Hr. Starkhans. Frau Dorthee. Lissel.

Fr. Dorthee.

Was dummelst bi denn nit? Hest ess jo lang triwliert,
De Babbe-n-un mich an, bis mer ess resselviert,
Hyt nohmedaa mit ych uf Schilke nus ze laufe,
Daß mer fürr morje früej die Millrumsküechle kaufe.
Ze mach denn emol furt, du großi Hobsestang!

Hr. Starkhans.

Loß mier myn Lissel gehn. 'S wurd aim jo Angst e Bang,
Wemmerr dich alewyl heert baljc-n-un haßliere.
De dewwerst glych so wilest; es duet's nit mellediere
Diß Gschelts un diß Gelärms! 'Sisch wohr . . .

Fr. Dorthee.

             Was geht's dich an,
Ich bin syn Mueder, ich! Ich waiß was i vermaan.
Beißt merr di Maible nit, duet merr si nit kristiere,
Ze wiße si sich nie ier Lewesdaa ze rüere,
Do were Schlabbe drus, Schloskabbe, fuli Bamble.
Zue myner Mueder Byt henn mier müe'n anderst stramble!
Poz dausig un ken End . . .

Lissel.

             I bin schunn lang gerüst,
Myn liewi Mamme! 'Sisch halt nurr, i saa's . . .

Hr. Starkhans.

               Es wischt
Sich mayer d'Aue-n-aa. Was hesch be denn ze gryne,

1

Myn liebs Haneftjele? Loß dyni Guckle schyne
Recht hell un frisch wie b'Sunn, wisch dyni Bäkkle-n-ac,
De waisch wohl, Hexebubb, daß i di liewer haa
Aß ales uf der Welt, bisch wer an's Herz gewachse
Wie Ebbheu an e Muur. J wett, 's gitt in ganz Sachse
Ken Maidel so wie du, so wyß, so nettlecht gschift.
Was pfubfst be denn? Was isch's, wo bi so stark augryfft?

Lissel.

J kan's em jez nigglych, myn liewer Babbe, saaue,
Verdrießli bin i halt, von aaße nibbergschlaaue.
Drum blybt i liewer dhaim, wenn's imm isd; ainerlay.
Un Sie, wurr Si nit bees, myn Mamme; n-ali zway
Do newes gehn jo mit, 's Susseyel un syn Mueder,
Un wenn si will, je bhalt i myne klaine Brueder,
Un gib recht uf ne-n-aacht.

Fr. Dorthee.

Was diß for Ynfäll sinn!
Kaum het sich's recht druf gfrait, het's schunn e-n-andre Sinn.
Je mach denn, wie de witt ... Kumm Babbe!

Fr. Starkhans.

Wart e bissel!
J will e Schnizzel z'erst von unserm Munggebrissel.
Kumm Lissel, gimmer ains. Hyt bin i gerasiert. (Sie küßt ihn.)
So ... mach au, daß es kracht! Gelt! hesch de Bart nit gspüert?
(Gehn ab.)

Zweiter Auftritt.

Lissel. Christinel.

Lissel (allein).

Jez isch mer's widder lycht, es hät mer's Herz aagstose.
Wenn i mit 'nus hät müe'n. Er het sich druf verlose,
Daß er gluck nooch der Kirch recht mit mer babble kan.
Herr Jeh! Herr Jeh! Was isch diß for e scheener Mann!
Was isch er groß und stark, was het er rothi Bakke.
N-un e staatsmäßii Nas, merr meecht ne fast dran pakke.
Was diß for Aue sinn, un wie er stattli geht!
'Sisch Schad, daß merr ne nit in alem recht versteht.

'Sisch e narrechbi Sproch, diß Hochbytsch: bo haißt Steber
E Stier, e Thur e Door, Babbier biß isch Papeyer,
E Schmuz haißt dert e Kuß, zuem Unroth saat merr
        Schmauz,
Hiz saat merr nit, nain Heiz, der Staat zell isch der Bauz,
For Lieb saat mer Lyweh, e Schnuer isch e Bindfaade,
N-un b'Sohnsfrau haißt e Schnurr, e Schoppe-n-isch
        e Lade,
Fürr Hoffe saat merr Buz, e Bugett for e Struß,
E-n-Jmm biß isch e Biehn, der Schinder kummt nit drus.
Jez wurrum henn si mi nit gschikt in'z Dytschland nirower,
Uf Mannem oder Spyr; dert wärb i gsin vil liewer
Aß in Sangbiebel bo, dem klaine welsche Nest,
Wo merr Johr uß, Johr yn sich mit Grumbeere mest;
Ze kinnt i doch jez au mit bytsche Herre redde.
J will merr awwer schunn recht Müej genn . . .

           Christiuel (eintretend).
                      J will webbe,
Daß er di angfüert het. J haa recht ufgebaßt
Un haa-ne-n-erst nit gsehn. Ze mach bi halt druf gfaßt.
Die Mannslyt sinn eso, si redde nix als Laoue,
Der Best isch donnix nuz, der Deichert maan ne traoue.
Schwei still, was heer i drus !

              Lißel.
           Herr Jeses, wenn er's wär !
             Christiuel.
Jo wayer, 's isch er selbst.

             Lißel.
          Jez wurd mer's Herz schun schwer
For lubber Angst un Freud.

        Dritter Auftritt.
         Die Vorigen. Reinhold.
          Reinhold.
           Jhr unterthän'ger Diener.
Sind die Jungfrau'n wohl auf ? (Küßt beiden die Hand.)
           Jch werde täglich kühner;

Man ist bei so viel Glück sein selbst sich kaum bewußt,
Der Liebe Seligkeit erfüllt mir ganz die Brust.

Liffel.

O! gehn Si.

Christinel.

Ach Herr Jeh!

Liffel.

Ha na!

Christinel.

Ha jo!

Reinhold.

Befehlen

Vielleicht die Jungfrau'n was? Ihr Diener wird nicht fehlen,
Mit Windes Schnelligkeit zu folgen Ihrem Wort;
Nur schicken Sie mich nicht für allzulange fort.

Liffel (beiseite zu Christinel).

Red du...

Christinel (ebenso).

Saa bu em ebs.

Liffel.

Es fallt mer jez nix hn.

Christinel.

Was het er ewwe gsait?

Liffel.

Ich waiß jo nit.

Reinhold.

Verzieh'n

Sie nicht zu lang mein Glück. Zwar schien mir Ihr Geflüster
So ächt poetisch leis, wie wenn im Haine düster
Durch leichtbeweglich Schilf die Geister schweigend gehn,
Und mit erstorbnem Hauch des Abends Lüfte wehn.

Liffel (beiseite).

Verstehst ne?

Christinel (ebenso).

Ich? — Ken Wort...

Liffel.

Was isch diß: Hahnebistel?

Chriſtinel.

J waiß nit.

Liſſel.

Was iſch Gſchilf? Diß ſottſt be wiſſe, Chriſtel.
Du waiſt ſo Dings . . . Er het au gſait **v e r b o r w n e r
L a u ch.**

Henn ier im Garbe?

Chriſtinel.

Nain.

Liſſel.

Diß Dings iſch hell wie Rauch.
Doch halt. Jez merk i ne, er meecht mit eß ſpoziere;
Er ſaat 's iſch gueder Luft. Wo wurd er eß hienfüere?

Chriſtinel.

Der Schießrain, diß wärd ſcheen.

Liſſel.

Na jo! (laut zu Reinhold.) Si henn erecht,
Hyt owes bly't der Luft leb un doch küelelecht.

Reinhold.

Wieſo, Mamſell?

Liſſel.

Es iſch gar luſti drus. Si banze
Hyt uf em Lindebaum. J main au frey ſi pflanze
N'e große Maye-n-uf, un gaije dran in b'Heeh.
'Siſch vor em Juddedoor.

Reinhold.

Vortrefflich, ich verſteh'
Das iſt nicht weit von hier. Ich eil' mit ſchnellem Schritte
Und alſobald bin ich zurück in Ihrer Mitte.

Liſſel.

Was! Welle Si denn furt?

Reinhold.

Je nun, ich geh hinaus
Vor's Judenthor, hol Thee in eines Gaſtwirths Haus,
Er nennt ſich Lindenbaum. Dort pflanzt man heute Mayen
Und tanzt auf grünem Plan bei Flöten und Schallmeyen.
Wir nehmen dann den Thee zuſammen.

Liſſel.

Er vexiert,
Simmier denn krank? Was Thee! Mier henn hyt nit laxiert,
Merr trinkt jo numme Thee wemmerr will disbt ſchwizze;
Wemmerr Brechbulver nimmt un wemmerr Bluet duet ſpyzze.

Chriſtinel.

Jo, de heſch wayer recht. Merr trybt ſich viele Wueſt
Mit Schwizze-n-us em Lyb. Do nimmt merr Holderblueſt
Un Klabberroſe-n-au, Kammille, Himmelſchlüßel,
Mit Dauß ggulbekrutt, e ganzi Kuffeeſchüßel.
Der Schwyzzerthee der iſch der beſt von ale noch,
Un bene maint villycht der Herr.

Liſſel.

E ſchlechter Koch,
Wo eſs am Sundaa wott labbyniſch regaliere.
Mier henn's nit ſu gemaint. Si ſolle-n-ets nusfüere,
Nus uf de Schießrain hien.

Reinhold.

Ach Gott? Bin ich denn taub
Ganz bin ich zu Gebot. Der Regen hat den Staub
Seit geſtern Abend raſch von Weg und Flur vertrieben;
Es wäre warlich Schad', wenn Sie zu Hauſe blieben.

Liſſel (beiſeite zu Chriſtinchen).

Jez waiß i was er ſaat. Gelt, was er artli iſch?
Wenn i ne gyych, ze-n-iſch mer's wohl wie imm e Fiſch.
Er iſch abardi nett ... (Laut zu Reinhold.)
Mer müeße-n-awwer warbe
Biß myn klein Brüeberle zerul kummt us em Garbe.
Diß duuert wohl e Stund. Ze gehn Si z'erſt noch haim,
Un hole Si bernoh de Wolfgang im Kolaym.

Chriſtinel.

Ha jo! Der geht gern mit.

Reinhold.

Ganz recht. Adieu! Ich laſſe
Sie nur für kurze Zeit. (Geht ab.)

Chriſtinel.

Der duet bi awwer haße!

Im Furtgehn het er bi gar yfri angegukt,
Er hätt derr gar ze gern noch d'Händ gschmuzt un gebrukt.

Lissel.

Gewiß het er mi gern. Er buet mer's als verzähle
Wie inne d'Lieb zu mier buet schmirze-n-un verquäle.
Er meecht mi gar gern han. I wär zu e gern syn Frau.
Die Zöpf die gfalle mer lang nimmi wie dier au.

Christinel.

Mier könnte just so guet e Schnebbekabb uffezze,
Als wie diß Wenel do. Der het sich recht lon hezze,
Bis er's genumme het der Sekretarje's Frisch,
Au isch's em schunn verlaid, die Schlabb . . .

Lissel.

Ha na, diß isch
Merr lieb; diß wurd em schunn syn Hoffartsmücbel kücle.
In unsrer Kirch do sizt's brait in de-n-erste Stücle,
Nun isch so brozzerli, maint wyl's e Mantlett traat
Von Merdwa Syd, ze-n-isch's . . .

Christinel.

Do kummt der Lizeziat.
Was will benn der by ych der maauer Froschegihrer,
Der styf Barrikleftok, der Baseftuwwewikfer?

Lissel.

Halt's Muul! Er kummt. Heerft nit? Er grohscht schunn:
Hollehoh.

Vierter Austritt.

Die Vorigen. Licenziat Weßbräu.

Lizenziat.

Pongswar myn liewi Schäz, was mache-n-err denn bo?
Gummang ier sinn nonnit spaziere, scheeni Kinder,
Un's Wetter isch so scheen, do stekt au ets derhinder.
Ihr henn villycht au gar hyt noch e Ranglthewuß;
Do wott i wette druf, e Taler for e Suß.
Geht's nus in's Schnokeloch, d'hoh Wart, in's Schulzegarde,

Zuem Schannel, in de Wolf, zuem Reimann? Warde, warde!
Ich geh ych nooch . . .

Christinel.

Si sinn gar wunderfizzi hyt,
Herr Pfebber. Wott e Schand! Wenn fra noch b'gscheide Lyt
Kurrios wie Kinder sinn, un d'Nas in ales stele,
Je gschichts ne velli recht wemmerr si duet uspflefe.
Jo mer gehn icuebs hien.

Lizenziat.

Aha! uf Schille-n-us?
Nab an de Wasserzoll? Pong, Pong, jez kummt's erus.

Lissel.

Erst nit Herr Lizeziat! 's geht in de Spazzehafe.

Christinel.

Nain, uf de grüene Berj.

Lizenziat.

Jer genn mer viel ze schaffe.

Christinel.

Po! Whl's denn soll erus, mer sehn die brächbi Lycht
Drus uf der Kurrwaau.
(Beiseite zu Lieschen, die des Lachens sich kaum enthalten kann.)
Na! mach ken so närrisch's Gsicht.
.Laut.) Der scheen jung Offezier, wo ainer het erstoche,
Der wurd begrawe hyt. Schad for jo jungi Knoche.
Wenn's noch e-n-Alder wärb!

Lizenziat (auffahrend).

Was? Lewe-n-ebbe b'Albe
Nit au recht gern, Parrplö! Merr duet mer's Herz verspalde
Wemmerr so Redde süert. Un bin i denn so alt?

Christinel.

Haw i denn Sie gemaint?

Lizenziat.

J hoff doch, daß myn Gstalt
Noch frisch isch, 's kinne mi als d'Jumfre noch guet lyde.

Lissel.

Diß kämt an uf de Guh. Mier buen Si au nit mybe.

Si stehn uns au recht an, Si henn e frynblis Gsicht,
Un gar e scheeni Tracht wo aim in b'Aue sticht.

Lizenziat.

Du bisch e klaini Hex. Reb nurr, ich loß di rebbe.

Lissel.

Ihr krottebure Klaid isch zu e nett; i wott webbe
'Sisch's ainzi hie, hellroth gemuscht uf rabbegreau,
E geels Brustbuech derby, un Hoffe himmelbleau;
D'Strimf wyß un grüenlecht gflammt, e scheen schwarz
                    Band am Kraaue,
N-un e Hoorbybbele brait wie e Schwardemaaue.
De Dubbeh hoch un spiz un drei Paar Lokke dran,
E sybne Schabbobaa. So wünscht i mier e Mann.
Daß i mi au verschnapp.

Christinel.

                    Un syni Galljeschnalle,
Syn langi Uhrekett, die buen mer bsunderst gfalle,
N-un daß er alewyl noch Bissem, Berrjemott
Un Loodlewang so schmekt, merr schmekt sich schier dran boot.

Lizenziat.

O! Jer Herzkäfer ier.   I giych's err estemiere
Mi all zwai.

Christinel.

                    Mach jez, daß mer ken Zyt verliere.
D'Lycht geht am sechie=n=au mit Musich un mit Gichieß,
Un b'Breddi halt am Grab der Herr Magister Frieß.
'S ganz Waisehuus geht mit, un b'Klosterer berhinder;
Si singe=n=unterwäjs: Denkt doch ier Menschekinder.
Der Doot het's anbedingt, merr soll aafinge 's Gsang
Vom Anfang biß zuem End.

Lissel.

                    Diß isch doch schier ze lang,

Lizenziat.

Schad nix. I geh derzue. Der Frieß waiß b'Lütt ze rüere,
Absunderli am Grab. Soll ich ych mit nus füere?
Wie würd's, hä?

Chriſtinel.

Bhüet eſs Gott. Merr geht mit kaim Junggſell
An ſo e truurje-n-Ort; do kämt merr jo in d'Höll.

Lizenziat.

Pong! Pong! Athiö! Schmangwäh! J kumm hyt owes
wibber. (Geht fort.)

Chriſtinel.

Jo, geh nurr byne Wäj, du Wucheblädbelsrybber,
Ze ſimmer bi doch los.

Liſſel.

J lach mi bukkli krumm,
Was diß e Daigaff iſch, ſo iwwerrenzi dumm.

Chriſtinel.

Der wurd ſich wundre drus, der ſchnaikecht Galſemayer,
Der malzicht Alleſanz, der Stadtgeretichusſtrayer.
Die Lycht iſch morje-n-erſt, der Seyerſt het mer's giait.
Jez lauft der z'erſt noch haim un duet e-n-anders Klaid,
E dunkels an, daß d'Lyt ne recht anbächdi finde.

Liſſel.

Do mueß er d'Storkebain ſich gryſerli aaſchinde.
Ne-er wohnt im Pflanzbad drus, diß iſch e halwi Stund
Von do, un wibber nus uf d'Kurrwaau . . .

Chriſtinel.

'Siſch em giund,
Dem bürre Bebbelenz, un mier ſinn frei doch zibber. (Geht ab.)

Fünſter Auftritt.

Liſſel. Fr. Mettbräel. Fr. Roſine.

Fr. Roſine.

Wie Liſſel, ſo elain? Wo iſch denn dyn Hochzybber?
Der iſch au nit gallant, wemmerr mitnander rebt
Do mueß merr alewyl byſamme ſiu; merr het
Ken greeßri Luſtberkait; diß ſinn die ſcheenſte Zybbe.
Denn nooch der Hyroth kummt's gar zſchwind zuem Gſichber
ſchnybe,
Zuem truzze, zuem Gebelz, zue Händle, Nyd un Gichray,
Wo kain's nix dervon träumt, wenn baidi noch ſinn frey.

Hr. Mehlbrüej.

Do isch merr noch gemäh, gschlaacht wie e Hämmelsqualle.
Der Herr isch buschberli un b'Jumfer meecht em gfalle;
Er schnuust, sie syht; er blerrt, sie pfuußt; sie glunzt, er brennt;
Ains git uf's ander aacht, un's Freaue nimmt ken End.

Fr. Rosine.

D'Ghyrode-n-awwer lon elain enander zawwle.
Do kan sich b'Frau, mier an, aaschinde-n-un verkrawwle,
Der Mann gitt nit druf aacht, isch nurr gebekt ber Disch,
Jor Küch un Keller gsorrjt, 's Biej, d'Kinder gsund un frisch,
Im Kaste b'Wesch ufghebt, 's Gsind recht in Ordnung ghalbe,
N-un wolfel ales kauft; do freau nurr myne-n-Albe.

Hr. Mehlbrüej.

Dogeje het der Mann au manchi suuri Haz,
Wenn b'Frau voll Rabbe-n-isch, krammt, spyzt aß wie e Kaz.
Wenn si schilt, jeelt, krakeelt, elain will anhan b'Hosse,
Do lejt der Mann, myn Seel, au nit uf Pfluum un Rose;
Do derf ken Mensch in's Huus, der Mann derf nienebs hien,
Und redt er ebs, wurd b'Frau for Zorn glych gehl un grüen.

Fr. Rosine.

So wie be redst, so bät by uns nix sin aß zaule,
Haßliere, dowe, Stryt, un doch isch ken Gedanke
Von alem demm im Huus.

Hr. Mehlbrüej.

J haa's hell gsait for Gspaß.
De bisch, mynthoje, doch vilmol e Rabbebaß;
Witt alewyl recht han, bisch halt wie ali Wywer,
Un wenn b'au besser wärdst, je wärdst mer donnit liewer.
J bin di jez gewohnt, un gäb di nimmi her,
Un brächt merr ainer Geld, mier an, vil Zentner schwer.

Fr. Rosine.

Heerst Lissel! So mueß au byn Mann entol dich lowwe.
J denk 's wurd schunn guet gehn, be hesch ne-n-uf em Klowwe;
Der geht derr nimm' ewegg, er isch vernarrt uf dich,
Un dier gfallt au e Mann, wo scheen isch, gschikt un rych.

Liſſel.

J waiß nit was Si will, Frau Bas. Die Rebbesarde
Verſteh i nit.

Hr. Mehlbrüej.

Poz Mord! biſch au von bene zarbe
N=un ſpreebe Jümferle, wo nit berglyche buen,
De Kopf recht henke lon, wie e geropfdi Huen,
Un wie e Hawwergais glych ſchnurre=n=un glych brumme,
Wemmerr ne vom e Mann e brecſel redt. Wart numme,
Diß Dings geht nit eſo, mit Füchſe fangt merr d'Füchs,
E Zyſel iſch ken Krabb, die Faxe nuzze nix.
Fiſch freße d'Kazze gern, gehn awwer nit ins Waſſer;
Roßyſe holt der Buur bym Schmid un nit bym Glaſer,
Zuem Rebbe het merr d'Zung, zuem Denke de Verſtand;
Verliebt ſin iſch ken Sünd, 's Hyrode iſch ken Schand.

Fr. Roſine.

Na! Liſſel, ſoll bi denn dyn Liebſter nibball nemme?
N=es iſch jez usgemacht; de bruchſt di nit ze ſchämme.
Mainſt denn merr waiß es nit, daß be ne heſch zuem Schaz?

Hr. Mehlbrüej.

Ey lueau! do ſitzt's, myn Seel, wie e gebrüejbi Kaz,
Wurd rot wie e Welſchhahn, macht Aue wie Salzbüchsâle,
Schnuuft wie e Bloſchbalg. Hä! Erzaye ſich die Füchsle
N=emol un groble ſtill evor us ierem Neſt;
Kummt's jez emol erus was d'for Gedanke heſt?
Hukt bo die Luus im Krut, leji bo der Has im Pfeffer,
Hä! Hemmerr bi verwitſcht? Jez mehr bi nurr un beffer
So lang be witt, 's batt nix. Mer wiße doch wie's ſteht,
Un daß diß ſpreebi Kind for Lieb ſchier gar vergeht.

Liſſel (bewegt).

Ey! Loß Er mi doch gehn mit beeze=n=un büerangle;
J loß mi nonnit ſo dreſ=zake=n=un verbangle,
Waiß Er's; Er macht aim fra jo 's Lewe noch verlaid.

Fr. Roſine.

'Siſch ales doch ſtirwoliert. Diß iſch c Herzelaid,
Taß be=n=in vierzeh Daa e Frau wurſt. Ach Herr Jehmer,
Schunn morje henn err d'Stund.

Hr. Mehlbrüej.

Was pfennst denn? Eh se geh mer.
Bisch gschosse-n-oder nit? Freau dyne Babbe nurr
Un b'Mamme-n-au berzue, ob's wohr isch.

Lissel.

Jo i wurr
Diß noch hyt owe buen.

Fr. Rosine.

Si sinn villycht spaziere.

Lissel.

Grad isch's e halwi Stund; uf Schille nus.

Fr. Rosine.

Mier füere
Di mit, wenn d'witt, im Schiff, nab an be Wasserzoll.

Lissel.

I kan nit. I hüet's Huus.

Fr. Rosine.

'Sisch recht, daß au manchmol
Die Maible Sunbaa's bhaim scheen blywe. Gelt ier kumme
Bezybbe-n-owes doch in's Kränzel?

Lissel.

Sinn Si numme
Nit bsorrjt bofor.

Hr. Mehlbrüej.

Diß gitt e rechdi Gasterey;
Der Kolmerer kummt au, myn Vebber un myn Gschwey.

Sechster Anstritt.

Lissel. Christinel.

Christinel.

Was heesch denn, bisch ganz roth, machst ufgepflunzni Aue,
Hesch Händel mit ne ghet?

Liesel.

Denk was i derr will saaue!
'Sisch fix un usgemacht, daß i de Reinhold kriej,
Un morn isch werzina schunn b'Stund. Der alt Mehlbrüej
Het's gsait. Was bin i froh! Diß het gewiß der Babbe
So usgekaart. J will mi awwer nit verschnabbe,
Will mysli stille sin, daß nix sich dran verschlaat,
Un warde bis er mer's, un bis mer's b'Mamme saat.

Christinel.

Jo! De hesch recht, 'sisch glych mit Babble-n-ebs verhubbelt.
Diß hät mer awwer nit myn Lewesdaa gedubbelt,
Wurrum? Dyn Mueder will, daß dich der Wolfgang nimmt,
Wyl er e Pfarrer wurd. Si het jo kek uns bstimmt
Schunn vilmol gsait, de sollst in d'Gaistlikait hyrode.
Do lebt merr erwer, frumm, waiß nix von neïe Mode;
Me-isch g'ehrt von ale Lyt, zeiht d'Kinder christli uf
Un kriejt Johr us, Johr yn, Breßender otwoe druf.
D'Frau Pfarrere vom Dorf sizt in de-n-erste Stücle.
Un wenn si kummt, ze fangt glich b'Orgel an ze spiele;
'S vernäjt sich ales scheen, un sie druf aagericht,
Vernäjt sich links un rechts, un macht e fryndlig Gsicht.
Drum sollst de, het si gsait, de Wolfgang han un nemme.
Er isch gsund, rych un gschikt, un brucht sich nit ze schämme,
Daß er myn Dochdermann, un du syn Huusfrau wurst.
'Sisch glychling. Brotst mer d'Wurst ze lösch ı derr de Durst.
So het si gsait.

Liesel.

'Sisch wohr. Doch zibber b'letst Wynachde
Redt si nix meh derbon. Si duet gar uf ne-n-a-hde,
Derwyl er kummt in's Huus, der Reinhold, un hets gschmekt,
Daß er vil Späne het. Es wurd ere-n-als gstekt
Wenn er e Wechsel kriejt. Si loßt de Huusherr hole,
Un wenn der nigglych kummt, ze duet si ne versole;
Er isch ess schuldi kalt! Do freaut si ne recht us.
Denk! Der Briefträjer kummt als z'erst in unser Huus,
Un saat's wenn er e Brief zuem Reinhold het getraaue.

Christinel.

Ewwezemär! Diß isch doch pfiffi un verschlaaue.
Bekummt er denn vilmol so Wechselbrief?

Liffel.

Gewiß,
Er het in demm Halbjohr schuun vier: kriejt, un biß
Gemildybi, alemol von drei, vierhundert Gulde.

Chriſtinel.

Standare=n=un ken End! Do het er ebbe Schulde.

Liffel.

Ken Dibbele! N=es schickt ſyn Mueder imm biß Geld
Ohn daß der Babber 's waiß. Er het mer's z'letſt verzählt,
Syn Mueder billit's gar daß er buet mit mer rebbe,
Un ſähdi d'Hyroth gern. In bene dytſche Städte
Müe'n ɔ'Memme gar guet ſin; er ſaot ſi baile nie
So Dachtle=n=uß und Schläj, un Buffer aß wie hie.
Die Bucwe were nit gedeffelt un gewikkelt,
Ffor niꝛ un wibber niꝛ. aegſchmiert, gewiꝛt, gebrillelt,
Un krieje in der Schuel ken Dobe. D'Maidle ſinn
Bil freyer aß by uns, gehn in's Kummecdi uyn,
Un nemme b'Strikket mit.

Chriſtinel.

Abba! biß iſch doch gſpäßi.

Liffel.

Wenn mier in's Bübbelſpiel nur welle, ſinn mer ghäßi,
Un berfe vom Hanswurſt erſt niꝛ verzähle dhaim,
Wie er die Groſe bokt, un wie er gaißt uf b'Bäum,
Un keit von owwe 'raa, daß ainer ne mueß huꝛꝛle,
Un wurrſt ne mit be Bain, biß ali zway hienburꝛle.

Chriſtinel.

Un wie er ball e Prinꝛ, ball e Waldbrueber wurb,
Un ball e=n=aldi Frau wo giſbi b'Lyt anſchnurrt;
Dnoh e Hochꝛybber iſch, un druf e Kabbeziner,
Dißmol e Bekkeknecht, un zellmol e Räwwiner.

Liffel.

Do kämbe mier ſcheen an, bo würbe mer gebuꝛt!
Do haißt's glych: Leſe=n=ier im Brebbibuech, biß nuꝛt

Ych meh, ier Schwindelhirn! Gehn, hole 's Mirrhegärdel
Un's Kinderbiwwele-u-un spinne-u-eure Bärdel,
Do henn ier Bübbelspiels genne uf aine Ritt.

Christinel.

Do müe'n si doch rych sin inun Reinholb syui Lyt,
For daß si so vil Geld dem Mensche kinne b'eche!

Lissel.

J main's! Er het mer gsait, wenn er duet ales reche,
Se zeiht syn Vadder 's Johrs vier dausig Gulde fix.

Christinel.

Poz Morb!

Lissel.

     Syn Mueder het au Späne-n-in der Bix,
Rooth, was die ale Daa von ierem kan verzehre.

Christinel.

Sechs Schilli?

Lissel.

     Geh doch wegg!

Christinel.

E Daler?

Lissel.

Witt nit heere

Daß 's meh isch!

Christinel.

Na, mier an! Gar e Dreigulbestük.

Lissel.

Diß wärd au der Müej werth.

Christinel.

Was? Hät i nurr biß Glük.

Lissel.

Rooth als nur herzaft furt.

Christinel

Schwernix! Doch ken Duggabe?

Lissel.

Meh! Meh!

Chriſtinel.

Krz un ken End! Es het am ganze Stade
Ken rychi Lyt eso. Se het ſi e Deblon?

Liſſel.

Jez roothſt emol erecht un biſch nimm' wyt dervon.

Chriſtinel.

Grannabe Sabberlot! 'S wurd aim jo dürmli, ehnder
Daß merr ſo viel erroth. Was? Ale Daa kommehnder
An Gfäll aß e Deblon? Ha wayer! Ey ſe ſchlaa!
Wärd ich wie die i gängt in d'Erbslaub ale Daa,
Uf d'Mezzi, in's Kolaym un kaufdi! Wott e Lewe!

Liſſel.

Denk! Fufzeh Gulde het ſi bääjli us ze gewe.

Chriſtinel.

Es gſchwacht mer, hol mi Gott.

Liſſel.

Un ales was ſi ſpart
Diß wurd for iere Sohn ufghebt un ufbewahrt;
Un zibber daß ſi waiß was er im Schild duet filere,
Se ſaat ſi: will ſi gern 's Sparhäfele-n-anrüere,
Un ſchickt em druf und dran, ohn daß der Vabber 's walß,
E guebe Mogge Geld. Jmm Alde miechdi's haiß
Wenn er's erfahre dät. Der bät ſi durchkurranze!
Er iſch gar obſenat un will 's ſoll ales banze
Noch ſyner Pfyff, iſch zääj un gyzzt wie e Hund.

Chriſtinel.

Wie wurd's do atwwer gehn, wenn morje ſchunn iſch d'Stunt?

Liſſel.

Poh! 'Siſch jo usgemacht. J haa ſi's heere ſaaue
Verdutſchder Wys. Die Alt die het's ſchunn lang im Kraaue,
Un will nit mit erus. Der Babbe wurd mer halt,
J merk's, d'Fraid uf emol morn mache brus im Wald.

Chriſtinel.

Gehn mer uf Ekkelse denn morn?

Liſſel.

Aimol. Mer mache
Jo 's Z'mibbaaueße bert im freye Wald, un bache
N-au Holberküechle brus. 'Siſch ales ſchunn gerüſt;
Wurſch ſehn was bo for Dings wurd were-n-ufgebiſcht.
So e Pfingſtmonbaa wurd gewiß nimm' gfyert were
Wie ber. Wurrum? Es iſch de-n Eltre ſcheen ze-n-Ehre.
'Siſch b'ſilwre Hochzyt morn. Vor fünf e zwanzig Johr
Henn ſi juſt b'Hyroth ghet an bemm Daa.

Chriſtinel.

'S het len Gfohr
Daß merr by euch ſchnarrmuult.

Liſſel.

E Grauel Eſſeſphſe
Steht brunbe-n-in ber Küch, bo ſezl's manch guebe Biße.
Mer labe morje früej e ganze Waibling voll
Wo nusfahrt.

Chriſtinel.

I bin froh. Mer ſinn brus ali mol
Recht bobbeluſti gſin.

Liſſel.

Do geht mer z'erſt ſpaziere,
Bacht Holberküechle bnoh, un buct ſi friſch ſchnawwllere
For's Z'morjeneße; bnoh geht's halt in b'Brebbi nyn.

Chriſtinel.

Geh wegg! Do blyw i brus. 'Siſch jo e rechbi Pyn
So in ber arje Hiz e Stundlang hien ze hutte
Un inwer's Gſangbuech ſich im ſchmale Bank ze butte.

Liſſel.

Dnoh wurb ber Diſch gebelt in's Gras, ber Wyn gfriſchiert
Im Bryſchel, un bernoh brav g'eße, Stobe gfilert,
Gſunbhaide vil gelert, un bruf geht's los an's Springe
Im Gras erum, berwylſt bie Albe Liebte ſinge.

Chriſtinel.

Dnoh ſtrolcht merr hien un her im Wald erummer, lacht
Un pfleft enanber us, rebt inwer b'Lyt, baß 's kracht.

Liſſel.

Dnoh were Blueme gſuecht for Kränz un Stryß ze binbe,

Druf wurd Blindmuhjels gfpiclt, der Lunzi kummt, un hinde
Neewegg un vorne dran, Berftcllels, wo lauft b'Scher,
Stundgläfels, Bemberles un Pfänderé hindeher
Un Schüejels. Dnoh ifch erft im Muerhof 's Zowenefie
Bym Mayer. Der wart uf mit Wekke, wyße Käfe,
Mit Bubder, Milch un Raum, mit Hunni un mit Stryß;
Arikle, Morjeftern, Spik, Roße roth un wyß,
Zirrinke, Duliba, Arunkele, Schneeballe,
Schaßmeng, Wik, Rosmeryn un Blüemle wo fo knalle.
Wie heißt merr fi?

Chriftinel.

        Waiß i's? Si henn kenn Ramme die.

Liffel.

Au Greetle-n-in der Hek un noch vil anderi.
Do kinne mer b'ganz Wuch b'Ekkenfterle fcheen ziere.
Dert halt au's Gädderfchiff wo ess in b'Stabt foll füere.
Denk! 'S finn vier Spiellyt bftellt for daß fi Mennewet,
Märfch, dytfchi, bolifchi, franzeefchi Tänz um b'Wett
Ufffpiele. Wott e Jux, im Schiff mit Mufich fahre!

Chriftinel.

De wurfch jo, werzina, for lubder Fraib zuem Narre.

Liffel.

Un Owes ifch dnoh b'Stunb un Hanbfchlaa. Bin i frch!

Chriftinel.

Wo blywe-n-arorer bie? I glaub fi welle bo
Uns hukke lon. Ha jo! Un von dym klaine Brueder
Ifch au nonnix ze fehn.

Liffel.

        Mich hukke lon! Diß buet er
Eyn Lebdaa nit. Waifch was? I hol de Klaine gfchwind
Bly' du nurr zibber do. (Geht ab.)

Siebenter Auftritt.

Chriftinel.

Chriftinel (allein).

        Diß buet jo wie e Kind,
Un maint es het ne fchunn. I wurr's doch beßer wiße.

Daß es de Wolfgang kriejt. Diß isch e jasiger Biße
Der Reinhold. Sabberlot! Diß wärd e Mann for mich.
Do haißt's jez ufgetrumpft bis uf de letste Stich!
Es duet sich's Lissel halt biß Ding eso vorstelle,
N-as ob's der Bremer wärd wo syni Eltere welle
Zuem Dochtermann, un 'sisch der anber wo's soll sin.
Rennt biß an mit der Nas! — Der Deichert au! J bin
E rechdi Dotsch! — J hät's em ehuber solle zaye
Daß er merr gfallt. J mueß zell jez spigshn anlaye
Daß i ne bring in's Garn — Jch Kalb. — Hät i's gewißt
Wie rych er isch! — Herr Jeh! Was aine biß verdrießt!
Daß der sich arower au in's Lissel kan vernarre?
'Sisch maauer, birr un raan aß wie e Jumser Saare.
Wohr isch, 'sisch frisch un wyß un het e suufers Gsicht,
Sunst het's au arower nix wo aim in b'Aue sticht.
'Sisch kurwlich un nit gscheid, weiß b'Lyt nit ze belewe,
Rebt in de Daa nyn furt, un duet nit aacht druf gewe
Ob sich's au gheert; es lacht wie imm ebs ynkummt lut.
Was waiß es? Nix . . . Franzeesch? E bißel. Es het bludd
Un bleeßli nix im Kopf aß ludber Narrebeye,
Un Räthsle so, un Gspäß. Jch kan mi anderst zaye
Jn Schik un Lewesart, Manier un Hyslikait!
J stik un zaich un hab am Büecherlese Fraid,
J rech guet us em Kopf, un kan au ales schrywe
Franzeesch un bytsch. Do mueß biß Lissel bhaime blywe.
J mach len Dolke-n-ich, un schryb b'Brief unlinjiert,
Un lay si zsamme scheen, waiß wie merr si bitschiert,
Un mach b'Abreß au druf. Jch kan au brächdi loche!
Wer waiß! — J haa em doch villycht in b'Aue gstoche.
Er redt gar gern mit mier, un gukt mi frynbli an.
Wenn ich em schrybbidi, daß i ne gern bät han?
Wie wärd's? — Na jo. Kurz um. Was brucht sich bo vil
              Weses?
Het merr syn Glük im Tribb ze nuzt kain Febberleses,
Do saat merr's grab erus. Doch still! 'S kummt iemes bo!
Merr klöbfelt. Nur eryn.

Achter Auftritt.

Die Vorige. Reinhold. Wolfgang. Christinel.

Christinel.

Herr Jeh! Wurrum e so
Erzezli spoot? Merr kann sich scheen uf Si verloße,
Mer henn halt schunn gemaint Si buen ess sizze loße.
Wott froh i bin, daß merr Si endli donnoch gsucht!

Reinhold.

Wie! Ein gegebnes Wort und die versprochne Pflicht
An schönen Kindern so nachlässig, treulos brechen?
Das würden ja sogleich die Götter strafend rächen!

Christinel.

De Gäbber breche? Was? 'S geht nit zuem Rechche nus,
Mier fahre nit im Schiff. — I kumm nit recht erus
Us dem wo si henn gsait. Si mue'n nit gschwind so redde,
'S Hochdytsch isch ohnebiß so kryzschwer ...

Wolfgang.

I will webbe
'S scheen Bäsel het ken Wort von all demm brächtje Dings
Verstande.

Christinel.

Werzina! 'Sisch wayer wohr. I bring's
Nie 'rus was er so sait.

Wolfgang.

Freund, laß dir darum rathen
Sprich deutlich, langsam, klar; spinn' deiner Rede Faden
Nicht allzu rasch und fein, und laß' die Götter weg.

Christinel.

Ey! Geh doch du mer wegg mit dym hochdytsche Gspräch;
Red du stroßburgerisch.

Reinhold.

Mein Freund hat recht soeben.
Von nun an will ich mir auch viele Mühe geben,
Damit man mich versteh'! Ich weiß es: zu geschwind

Sprech ich die Wörter aus. Ich hatte wohl als Kind
Den schlimmen Fehler schon, und mußte mich in Bremen
Gar viele tausendmal der Unart wegen schämen.
Doch beßern werd ich mich. Denn was kann mehr erfreu'n,
Als von den Schönen oft gewarnt, belehrt zu sein?

Christinel.

So. Jez versteh i's guet, fra wyl Si gscheidi Sache
Henn gsait. 'Sisch wie gedrukt. So .nlle'n Si's alsfurt
machc;
Do het merr alewäj an Jerem Rebbe Fraib,
Nm alermaiste-n-ich. Es wurd mer nie verlaib *
So durchgstubbierbi Lyt in ierem Gspräch zu heere;
'S gitt alegelde so von bene-n-ebs ze lehre
Wo merr als nonnit waiß, un wo merr wiße sott,
Daß merr von ander Lyt nit g'uuzt wurd un nit gspott.
Es het gar viel eso.

Reinhold.

Doch wo mag Lieschen weilen?
Sie ist doch wohl zu Haus?

Christinel.

'Sisch wegg.

Reinhold.

Wir sollten eilen,
Wenn wir die schöne Welt noch draußen wollen sehn.

Christinel.

'S kummt glych.
(Zu Wolfgang.) An bier isch's au bym Schäzzel nooch ze gehn,
Bisch in's verliebt aß wie e Durdeldywelkidder
Un schwehst. Mer wiße's doch; be bisch e Herr Hochzybber.

Wolfgang.

Was babbelst bo for Dings, Christinel! Halt byn Muul.

Christinel.

'Sisch jo kain Ghaimnuß meh. J schwäz niz us der Schuel;
Un wenn b's au wehre wottst, be Myße wärb's gepfiffe.
D'Frau Base wiße's schunn, un die henn b'Zunge gschliffe;
Do geht's: was gist, was best, un rast von Stubb ze Stubb,
'n aim Daa waiß es b'Stadt.

Wolfgang.

Schwey still, du Roſſelbubb,

I ſaa der's. I wurr falſch.

Reinhold.

Und mir haſt du verſchwiegen,

Daß endlich eine doch dich wußte zu beſiegen!
Wie heißt die Schöne denn, die ſolch ein Felſenherz
Bezwang? Ein edler Sieg!

Wolfgang.

Es iſt nur Spaß und Scherz,

Was dieſes Mädchen hier mit loſem Sinn geplaudert.

Chriſtinel.

Raiunit! De lülejſt! 'Siſch wohr.

Reinhold.

Schön! Wer ſo lange zaudert,

Frei etwas zu geſtehn, den trifft der Argwohn ſcharf.

Chriſtinel.

'Siſch ales ſchunn ſtiwwliert und ⁿz.

Wolfgang.

Freund! Hör, es darf

Nie zwiſchen dir und mir ein Mißtrau'n feindlich walten;
Unmöglich wär es mir, dir das geheim zu halten,
Was meines Lebens Glück begründen ſoll. Es iſt
Mit meines Herzens Hang ſo weit nicht. Lange Friſt
Gehört vielleicht dazu.

Reinhold.

So haſt du's nun geſtanden,

Daß du umwunden biſt von zarten Liebesbanden;
Und doch verſchweigſt du mir's mit engverſchloſſenem Sinn;
Iſt denn die Freundſchaft nicht des Herzens Pförtnerin?
Wem ziemt mehr in des Sinns verborgne dunkle Winkel
Zu blicken als dem Freund? Der iſt voll Eigendünkel,
Der ohne andrer Rat und Hilf allein gedenkt
Zu lenken ſein Geſchick. Wer ſeinem Freund nicht ſchenkt
Vertrau'n und Zuverſicht, verſchmäht der Freundſchaft Pflichten.

Chriſtinel.

Guet genn! Narr furt getrumpft!

Wolfgang.

Wer wird so streng gleich richten?
Kaum daß ich selbst mir noch die Leidenschaft gestand,
Die im Beginnen schon, ich fühl's, mein Herz in Brand
Gesteckt, und die vielleicht ...

Christinel.

Diß sinn nurr Stembeneye!
Ganz andri Liedle sottst du do dym Frynd vorgehe.
'Sisch nit gebermediert. Do 's Lissel isch dyn Schaz.
D'Hyroth isch nächster Daa.

Reinhold.

Was hör ich! Wie?

Christinel.

Was batt's
Daß de's verbutsche witt und dich verstellst.

Reinhold.

Betrogen
Hättst du mich diesenna.h! Mir Freundschaft nur gelogen!
Unmöglich. (Geht schnell fort.)

Christinel.

I saa niz.-

Wolfgang.

Freund, hör! Sei doch kein Kind.
(Läuft ihm nach)

Christinel

Jez basch i aa un mach mi dhaim an's Schrywe gschwind,
Un schik imm Reinhold halt e Briefel. Es isch freili
E bissel herzaft so. — Po was! — 'S wärd doch abscheili
Wenn er's verrobibi un zaibibi myn Schrift!
Grannabe Sabberlot! Diß wärb mer jo wie Gift
Un Bobberment! — Abba! Imm kann i herzaft traoue,
Nuf demm syn Ehrlikait kinnt merr e Hysel baoue.
Er denkt zue schcen, isch guet, verschweye, treu wie Gold,
Un macht sym Namme-n-Ehr, wyl er isch rain un holb.
'S sorrst niemes doch for mich, un do duet's werzi haiße:
Ochs, schau uf's Buech. Mit Lym un Nusse fangt merr
d'Maise,

J geh in's zwanzist Johr un haa ken Rueau un Raft,
Daß t nit leweslang do bl̄y' mym Vogt zuer Laft,
Un aß e halwi Maaub mer ales mueß ken gfalle!
Herr Jeh! Wie däde mier so gnet zuenander ftalle!
Diß wärd so e Gottswill! E scheener rycher Mann,
Un Gfind wo i dnoh au ebs kummebiere kan!
J hießbibi dernoh Frau Doktere. D'Frau Bafe,
Die spyzdibje for Zorn! Die miechbe langi Nafe
Wenn diß Chriftinele, diß armi Waifekind,
Durch b'Hyroth uf emol 's groß Loos rapßt un gewinnt.

Nennter Auftritt.

Reinhold. Wolfgang.

Wolfgang.

Wie kömmft du mir denn vor? Wie soll ich dein Betragen
Nur nennen? Welch ein Grimm? Was Mädchen scherzend
                                    sagen,
Bringt dich in Harnisch so?

Reinhold.

                        Es ist bei Gott kein Scherz
Du selbst geftehft es ein ... Wie? Der Geliebten Herz
Und Hand so tückisch mir als ein Verräther rauben!
Wie konnt' ich jemals dieß von meinem Freunde glauben?

Wolfgang.

Kein Wort davon ist wahr.

Reinhold.

                        Du sagft ja selbst, du liebft.

Wolfgang.

Nun gut! Und muß es drum die Deine sein?

Reinhold.

                                    Du giebft
Mir's deutlich zu verftehn. Ich hör, du bift verfprochen,
In Lieschens Haus wird viel von Hochzeit schon gefprochen;
Nun wird mir alles klar, auch die Verlegenheit,
In die du ftets geriethft, wenn ich mit Offenheit
Von meinem Wunsch dir sprach, mit ihr mich zu verbinden.

Wolfgang.
Wie doch der Argwohn trügt;

Reinhold.
Du magst dich drehn und winden,
Wie du auch willst. Es frommt nicht mehr. Erklär' mir's frei,
Ist Lieschen deine Braut?

Wolfgang.
Wer sagt denn, daß sie's sei?

Reinhold.
Dein Vater sagt's.

Wolfgang.
Fürwahr, da bist du schlecht berichtet.
Erfuhrst du's denn von ihm?

Reinhold.
Ich bin wohl nicht verpflichtet,
Die weitre Rechenschaft noch abzulegen hier.
Antworte mir zuerst!

Wolfgang.
So hör'! Ich gebe dir
Mein Ehrenwort. Ich bin mit Lieschen nicht versprochen,
Auch nicht in sie verliebt. Es sind nun kaum sechs Wochen,
Seit Klärchen, die du kennst, zurück ist aus der Schweiz,
Und schon hat für mein Herz ihr Umgang so viel Reiz,
Ich bin so glücklich schon, daß sie mir ist gewogen
Und gut, fühl mich zu ihr so mächtig hingezogen,
Daß ich für sie allein nun leben muß und will.
Doch schüchtern allzusehr schwieg ich bisher noch still
Und, meinen Eltern selbst verhehlend meine Liebe,
Verbarg ich tief in mir den heftigsten der Triebe;
Und dieß Geständniß ist das erste. Bist du jetzt
Zufrieden? Glaubst du noch, daß ich die Pflicht verletzt
Der Freundschaft, die wir uns so lang schon zugeschworen,
Und die mir heilig ist?

Reinhold.
Verzeih, Freund, einem Thoren,
Der mit bewegtem Sinn, gereizt von Eifersucht,
Des Zweifels Stacheln fand, die er sich aufgesucht.

Wohl macht die Liebe blind! Wie konnt ich den verkennen,
Den ich so lange schon den treusten Freund darf nennen!
Doch weißt du's.   Weicht das Herz der Leidenschaft Gewalt,
So stürmt und tobt es drinn: da folgt Verzweiflung bald
Auf süßer Hoffnung Glück, das immer kurz nur dauert,
Und dessen schnelle Flucht das Herz umsonst betrauert.

Wolfgang.
Dein Hoffen reift nun bald zu froher Wirklichkeit.

Reinhold.
Deucht dir's?

Wolfgang.
              Ich bin's gewiß. Wär' ich nur auch so weit
Vorangerückt. Doch mir stehn manche Hindernisse
Im Weg.

Reinhold.
Ich seh's nicht ein.

Wolfgang.
                    O ja! Da sind gewisse
Umstände, die vielleicht schwer beizulegen sind.
Familienzwist ... Und dann ist dieses holde Kind
Nach meines Vaters Sinn nicht reich gen g. Getrieben
Von Geldstolz mehr als Geiz, will er auch, ich soll lieben
Des Reichthums Glanz wie er, und wähnen, ohne Geld
Sei weder Glück, noch Ehr', noch Ansehn auf der Welt.
Auf reiche Mädchen nur soll ich, so wünscht er, sinnen,
Und oft schon wollt' er mich mit goldnem Netz umspinnen,
Doch stets entschlüpft ich ihm. Was hat des Herzens Glück
Mit Geld und Gut gemein?

Reinhold.
                        Ich denk in diesem Stück
Gerade so wie du.

Wolfgang.
                  Doch hast du die gewählet,
Die hier in unsrer Stadt mit zu den Reichsten zählet.

Reinhold.
Wie so? Das kann nicht sein. Nichts weniger als reich
Sind Lieschens Eltern. Kaum daß sie — und mir ist's gleich —
Das Nöth'ge haben.

Wolfgang.

Was?

Reinhold.

So hat's mir stets geschienen.

Wolfgang.

So weißt du also nicht, daß vor'gen Monat ihnen
Durch Erbschaft reiche Hab' und unermäßlich Gut
Zufiel.

Reinhold.

Du scherzest!

Wolfgang.

Nein! so ist's. Doch dieses thut
Zur Sache nichts.

Reinhold.

O ja! Das kann mein Glück zerstören.
Sie lassen sich gewiß durch Reichthum nun bethören,
Und Lieschens schöne Hand entgeht mir. Gott! Wie kann
Ich diesen Donnerschlag abwenden!

Wolfgang.

Freund! Ermann'
Dich doch und sei kein Kind. Die Eltern deiner Schönen
Verstehn sich auf die Wahl von guten Schwiegersöhnen.
Sie schätzen dich sehr hoch und kennen deinen Werth.
Zudem bist du ja reich und kannst den eignen Herd
Durch Uebung deiner Kunst an jedem Ort dir bauen.
Sie brauchen nicht einmal bei dir darauf zu schauen,
Wie viel du in die Eh' mitbringst an Heirathsgut.
Talente, Redlichkeit, Gesundheit, froher Muth
Sind weit mehr werth als Gold, stehn über allen Schätzen,
Denn nichts kann ja das Glück, das sie verleih'n, ersetzen.

Reinhold.

Wie, Lieschen ist nun reich? So dacht ich mir sie nie;
Ich glaubte sie verarmt, und schöner fand ich sie.
Sie ist so einfach gut, an ihr ist nichts erlogen,
Für stille Häuslichkeit, fern von der Welt erzogen,
Blüht sie im kleinen Kreis, froh lebend ihrer Pflicht,
Mit ewig heiterm Sinn, genügsam, sanft und schlicht.

Nun wird des Reichthums Prunt und lärmend eitles Treiben,
Sie ändern ganz gewiß.

Wolfgang.

Sie wird dieselbe bleiben.
Was tief liegt im Gemüth, trifft nie des Wechsels Macht.

Reinhold.

Schnell wird der Frauen Sinn zum Unbestand gebracht.

Wolfgang.

Des Ernstes edler Wink wird auch von Frau'n verstanden.

Reinhold.

Der Leichtsinn hält sie oft umstrickt mit Blumenbanden;
Der Reizungen sind viel, der Widerstand ist schwer!

Wolfgang.

Um desto rühmlicher ist dann die Gegenwehr.

Reinhold.

Des Beispiels Allgewalt ist schmeichlerisch verführend.

Wolfgang.

Dagegen ist der Ruf des innern Sinns so rührend.

Reinhold.

Sein Warnen fruchtet nicht.

Wolfgang.

Es mahnet uns zur Pflicht.

Reinhold.

Man schlägt es in den Wind.

Wolfgang.

Sich selbst belügt man nicht.

Reinhold.

O blieb sie, wie sie ist, mir gut und treu ergeben!

Wolfgang.

Ich steh dir ganz dafür.

Reinhold.

Ha! Welch ein Götterleben,
Geliebt zu sein, beschützt von naher Hoffnung Huld!
Ich warte nun schon lang mit großer Ungeduld
Auf den Entscheidungsbrief von Haus, von meinem Vater.

Die Mutter willigt ein. Sie hat schon vielen Haber
Und Streit deshalb gehabt. Er widersetzte sich
Bisher auf's heftigste dem Plan, auf welchen ich
Verharre mehr, wie nie. Doch fängt er an zu wanken,
Schrieb mir die Mutter jüngst, und beßere Gedanken
Hat sie seit dieser Zeit gewiß ihm beigebracht.

Wolfgang.

Die Sache scheint mir nun so gut wie ausgemacht.
Es wird sich schnell dein Loos auf's günstigste gestalten;
Den Doktorhut wirst du schon künft'ge Woch' erhalten,
Und als geschickter Arzt machst du dich bald bekannt.
Zudem bist du ja noch mit Leuten hier verwandt,
Die zu der Obrigkeit und ersten Häusern zählen;
Da kömmst du schnell voran. Es kann dir gar nicht fehlen!
Für mich legt sich nicht so des Vaters Eigensinn.

Reinhold.

Wer weiß? Er liebt dich sehr, ist stolz auf dich . . .

Wolfgang.

                                        Ich bin,
Wenn er sich meinem Glück entgegensetzt, entschlossen,
An keine Heirath mehr zu denken.

Reinhold.

                            Diesem großen
Entschluß wirst du gewiß, eh' du es glaubst, entgehn.

Wolfgang.

Doch komm, wir wollen nun zu Lieschens Tante gehn;
Ihr Brüderchen ist dort. Die Tante ließ mir sagen:
Wir sollten doch zuerst bei ihr zu Haus anfragen,
Sie ginge gern mit uns.

Reinhold.

                Ist Lieschen denn bei ihr?

Wolfgang.

Ja, sie erwartet uns.

Reinhold.

            Nun fort! Ich folge dir.

Zweiter Aufzug.

————

Starkhans' Wohnung.

Erster Auftritt.

Fr. Dorthee. Bryd.

Fr. Dorthee.

Wo blywe-u-err denn, Bryd! Mit dem verhexde Trudle
Geht ales immeregg².

Bryd.

I haa jo ciwwe d'Nudle
In d'Pfann gedou.

Fr. Dorthee.
For was?

Bryd.
For mich un for die Knecht.
I bricht nommeh Schmuz . . .

Fr. Dorthee.
Was Schmuz? Jer henn erecht!
Mit em Gebrobesfett do kinne-n-err si bache.

Bryd.
Sie het's jo z'erst aagschitt in's Ankehäfel.

Fr. Dorthee.
Mache
Mi nur nit wild. Es isch noch imwerrenzi Fett
Gebliwwe-n-in der Blatt.

Bryd.
Mer henn jo Bohne ghet
Am Qualle-n-un die henn's gar yngschlukt.

Fr. Dorthee.
Na ze kumme;
I gib zway Löffel voll un meh nit.

Bryd.

        Gib fi numme
Nommeh, for fo vil Gfind, am Sunbaa!

Fr. Dorthee.

         Halbe 's Muul,
J waiß fchunn was ych gheert. Wärde-n-ier nit fo fuul,
Ze brychde mer nit do for's Wichfe-n-un's Zinnbuzze
E Frau drei viermol's Johrs. So Määüb wie ier die nuzze
So vil wie aaße nix, for fo e große Lohn!
'S ifch nit gebermediert.

Bryd.

        Do red fi nix dervon.
Merr kriejt fo do au nie ken Meßkrom, ken Chriftkindel,
Un wurd noch ale Ritt usghunzt wie 'z Lumbegfindel.

Fr. Dorthee.

Ken Meßkrom! Reche-n-ier diß dirkifch Garn for nix
Wo ych myn Mann het gfchenkt, der Dolwek, der dumm Bix,
Daß err's an unfer Duech for Zey hen kinne fchlaaue?
Wo finn die Klaider her, wo err am Werbaa traaue?

Bryd.

Do us em Hanf, wo i am Mondaa for mi fpinn,
Un wo mer b'Mueder fchikt.

Fr. Dorthee.

        J bin e-n-Eßel gfin
Daß i die robe Sträng haa furt genn us be Klaoue.

Bryd.

Si het mer, fchwey Si ftill, jo fra noch aagezaoue
De Wewwerlohn.

Fr. Dorthee.

        J glaub, Standare Sabberment,
Jer bilde-n-ych gar yn, daß merr for's Gfind foll b'Händ
Johr us Johr yn uf han.

Bryd.

        Mer henn noch aa ze reche
For geft un vorgeft.

Fr. Dorthee.

        Na, ze nimmt's doch mit em Bleche
Ken End. Se faaue mer's.

Bryd.

Fünf Su for Muul e Fueß
For Blezzer bryzeh Su.

Fr. Dorthee.

Was, bryzeh Su? Do mueß
Merr jo hirnwüebi sin.

Bryd.

Es sinn Brofeßers Blezzer
Gewefe.

Fr. Dorthee.

'Sisch nit wohr. Der Kuttler isch e Kezzer.
'S sinn Immehyßle gsin un Stükker Mannigfalt;
Zwelf Su isch, Sabberlot, genue. Henn err's bezahlt?

Bryd.

Nain.

Fr. Dorthee.

Ze-n-isch's guet. Merr wurb's am End vom Monet finde.

Bryd.

Drei Pfenni for grüen Dings.

Fr. Dorthee.

Drei Pfenni! Jer verschinde
Mer b'Hutt vom Lyb eraa. 'S grüen Dings diß kriejt
merr bryn.

Bryd.

Jo! Obber atwwer nit. Do isch's grob un nit fyn.
So Schnittli, Kreße, Lauch, Burretsch, un noch e Klubbe
Groß Burzelkrut wo Si so gern het in de Subbe,
N-un jungi Ziwwele, diß mohlt merr aim umsunst.

Fr. Dorthee.

E halb Su wärd genue. Jer märle nit.

Bryd.

Die Kunst
Versteh i nit wie Sie.

Fr. Dorthee.

Bryd! Lon mer diß Gebeffer.
Was henn err noch?

3

Bryb.

Fünf Su for e Halvierli Pfeffer.

Fr. Dorthee.

Schunn wibber Pfeffer! Was? 'S finn noch len vierzeh Daa,
Daß err gemahle hann.

Bryb.

'Sisch länger.

Fr. Dorthee.

Ey se schlaa!
Mit all demm Geld usgenn!

Bryb.

For Eher bryzeh Schilli.

Fr. Dorthee.

Un wie vil henn si genn?

Bryb.

Wie vil? Sechs.

Fr. Dorthee.

Na, bo will i
E-n-anbermol nur felbst hnkaufe. Was Verbruß
Un Geld merr bo sich spart!

Bryb.

Dnoh for e Muschletnuß
Drei Su 'ne halwi.

Fr. Dorthee.

Na! Do het merr hch betreaue.

Bryb.

Der Jballiäner het merr si jo vorgeweaue.

Fr. Dorthee.

For so e klaini Nuß so vil Geld!

Bryb.

For grüen Krnt
Zwah Su 'ne halwi; zwah for Schaftring; for die Dutt
Rosinle vierzeh Su. E Zaiche for's klein Hundel
Sechs Su; e Fünfer noch for Fherstain un Zundel.

Fr. Dorthee.

Schaftring un Fherstain! Schunn wibber. In der Lad
Sinn jo zwah Stain noch drus.

Bryb.

Daß Gott erbarm. Merr schlaat
Sich b'Finger schier dran krumm unb dnoh gitt's erst
ken Fyer.

Fr. Dorthee.

Jer schlaaue zue stark bruf.

Bryb.

So Stain sinn jo nit byer.

Fr. Dorthee.

Jez warbe. J hol's Geld. (Geht ab.)

Zweiter Auftritt. *Schallegans 37*

Bryb. Lizenziat Mehlbräej.

Bryb.

Du großer Dudelsak!

Was isch biß for e Ghz. Wenn bie 's so macht, se pak
J uf. — J halt's nimm' us. — Was mi no' treeft e biffel,
Jsch baß der Herr guet isch un dnoh bie Jumfer Liffel,
Die maint's recht guet mit mier, un zeihbibi sich 's Hemb
Bom Lyb ewegg for mich. — Daß sich bie Alt nit schämmt,
Diß yngschnurrt Lebber do! — 'S isch wohr! Merr wurd
ungabbi.

Lizenziat (eintretend).

Wie geht's, myn Brybele! Herr Jeh! Was hesch for sabbi
Un rothi Bäkkle bo. (Will sie küssen.)

Bryb (ihn aufhaltend).

Jo hobs! Lon Si mi gehn;

E so e-n-alber Herr soll b'Maible nimm' ansehn.

Lizenziat.

Du Bikker bu! wart nurr. J will bi lehre schelbe;
Un zibber wenn bue ich benn for e-n-Albe gelbe!
Du jungi Nees!

Bryb.

Si sinn, myn sechs, boch nimm' so jung!

Lizenziat.

Wie alt mainst, baß i bin?

Bryd.

Si sinn, mier an, im Sprung
For uf die simwezig.

Lizenziat.

Was? Du Strohlsher! Du Dolle;
J wurr dich, Trutschel du, recht durchkurranze solle.
Uf simwezig! — J geh in in's acht e sufzi'st Johr
Crerst, les' ohne Brill, traa noch myn aye Hoor,
Lauf fünf, sechs Stund ze Fues, mach noch e christli's
          Dänsel
So guet aß ainer mit. Hesch gheert, du Buuregänsel?

Bryd.

Si sinn, mier an, so grüen wie ich mit nynzeh Johr.

Lizenziat.

J bin so stark aß du.

Bryd.

Zell isch nollang nit wohr.

Lizenziat.

Guk! Was i bi no' lipf.
(Will sie in die Höhe heben, um sie zu küssen. Sie entweicht ihm, schnell sich bre-
heud und ihn zurückdrückend, worüber er das Gleichgewicht verliert und zu Boden
sinkt.)

        Du krimmenalischs Laster!
Du Ratker, hilf mer uf!

Bryd.

Wie sinn Si denn uf's Pflaster
So kumme?

Lizenziat.

Gi' mer d'Hand.

Bryd.

E so e junger Mann
Der springt, mier nix, dier nix, von aaße-n-uf.

Lizenziat.

            J kan
Jo nit elain. Sychst nit? J bät mer jo d'Manscheede
Verkribble. Lipf mi doch un zeih mi us be Reede;
Merr soll ihm Newezmensch gern helfe.

Bryb.

         Si sinn jo
Nit newe mer. J steh gar wyt von Jnne do.

Lizenziat.

Kumm stybber mi.

Bryb.

     Un derf merr Si denn Mensch so haiße?
Si sinn e Herr.

Lizenziat.

     Wart nurr. J wurr di schunn kambaise,
Du suli Huzzel du! — J bruch di nit. — Ay! Ay!
J haa e Sprieße kriejt, der sticht, sticht ...

Bryb.

         Wott e Gschray?
Diß isch e Herzelaid!

Lizenziat.

     Kumm, Bryb, un hilf mi libse,
Kumm Schäfele!

Bryb.

     Na hup! (Sie sucht ihm aufzuhelfen.)

Lizenziat.

     Muest z'erst be Rok usknibse,
Daß er mer nit verspringt. Hesch nit gheert, was er kracht?

Bryb.

Diß isch ebs anderfts gsin.

Lizenziat.

     Du Hex! — Na! Gi' nurr aacht,
De pakst mi wie e Kloz; i kan jo schier nit schnufe.

Bryb.

Ze stelle Si doch b'Bain. — Si müe'n e bissel hufe.

Lizenziat.

Tritt mer nit uf myn Klaid.

Bryb.

     Herzaft! Als furt in b'Heeh.

Lizenziat (sich aufrichtend).

So ... Ach du liewer Gott! Was buen mer b'Ribbe weh!
(Tritt vor den Spiegel.)

Herr Jeh! Daß Gott erbarm!

Bryd.

Wo fehlt's denn?

Lizenziat (weinerlich).

Myni Lotte
Sinn do verknetscht un ganz voll Ziejelmehl!

Bryd.

Poz Mogge!
Säsjpäne sinn's jo nurr.

Lizenziat.

Wo kumme die denn her?

Bryd.

Po! Vom Spyzkästel do. Was sinn Si auch so schwer
Druf hiengsakt?

Lizenziat.

Hilf mer Gott! Was soll i jez anstelle?
D'Barrikemacher kan merr nimm' so spoot noch bstelle,
Un haim isch's gar ze wyt.

Bryd.

Was gewe mer der Herr,
Wenn i ne gschwind fresier?

Lizenziat.

Kanst be's?

Bryd.

J main's.

Lizenziat.

J bscheer
Dier e-n-Anhenkerle von beemische Grannabe.

Bryd.

Wenn i's nurr au schunn hät. Die Herre Lizzeziade
Verstehn 's Verspreche guet, un wenn's an's Halbe geht,
Ze sinn si nimmi dhaim.

Lizenziat.

J gi' derr Geld; biß steht
Dier villycht besser an.

Bryd.

J will ken Geld von Jnne.

E klains Anhenkerle, wenn Si ains gewe kinne,
Diß gfielbibi mer als.

Lizenziat.

J bring derr's morje früej.

Bryd.

E Mann, e Wort.

Lizenziat.

De gisch derr arower au recht' März.
Wo hesch nurr, Spazzekind, gelehrt eso fresiere?

Bryd.

Wo? Jn Bußwiller dhaim. Do haa i mi müen' rüere
Bym Herr Amtschrywer dert, wo i bin Kindsmaaud gsin.
Er het mi's lehre lon, 's Fresiere. — Gschwind! J bin
Gerüst. Si müe'n jez do diß Fürrbuech um sich henke.
Do haa i d'Puberlad.

Lizenziat (lehrt sich; Brigitte fängt an, ihm die beschädigten Loken aufzuklemmen)

Na! Ropf' mi nit.

Bryd.

Was denke
Si denn, Herr Lizeziat?

Lizenziat.

Mordjo! De rysch' mer d'Hoor
Jo mit der Wurzel us, du Meerkaz.

Bryd.

'S het ken Gfohr.
So. — J buk d'Lokke nuf.

Lizenziat.

Zerr nit eso.

Bryd.

Jez nimm i
D'Hoorguffe.

Lizenziat.

Mordgallee! Was stichst mi do so grimmi!
J bluet gewiß. Geh sych!

Bryd.

Jer Bluet schießt nit so wild.
Am Dubbeh bin i jez.

Lizenziat.

De bymelst mi!

Bryd.

Verbrißt

Sinn Jeri Hoor halt bo, drum mueß merr ß usstrehle.

Lizenziat.

Se nimm derr Byt derzue un bue mer ebs verzähle.
Wo isch benn 's Lissele?

Bryd.

By sym Hochzybber.

Lizenziat.

Was

Rebst in be Daa nyn so?

Bryd.

Gewiß nit! 'S isch ken Gspaß.

Der bytsch Herr . . .

Lizenziat.

Rabbegift! Der Großnas bo us Breme?

Bryd.

Jo, ber wurd nächster Daa bie Jumfer Lissel nemme.

Lizenziat.

Der hergeloffe Burst?

Bryd.

Si het mer's selwer gsait.

Lizenziat.

J blumbs vom Himmel 'raa. Diß wärd mer gar ze laib,
Es kan nit sin!

Bryd.

Warrum?

Lizenziat.

Diß raan un lusti Lissel
Wärd so e Frau for mich!

Bryd. (belseite).

Jo hobsa! Wart e bissel

Lizenziat.

Es het mi au gar lieb.

Bryb (beiseite).

Der yngebilbt Tripsdrill!
Maint wohl er Rychdum het.

Lizenziat.

Was redst nix un schweyst still?

Bryb.

J puder Si jez durch, do mueß merr gar ufbaße.

Lizenziat.

Gelt! 'S Lißel het mi gern?

Bryb.

Was wurd Si' s gar denn haße!

Dritter Auftritt.

Die Vorigen. Fr. Dorthee.

Fr. Dorthee.

Was gitt's ho. Was isch diß?

Lizenziat.

Ah! Pongswar liewi Bas,
Parrthong! Daß i so siz un nigglych uffteh.

Fr. Dorthee.

Was
Sinn diß for Faxe, Bryb? Jer mache b' Faßnachtsnarre
Do, glauw' i.

Lizenziat.

Nong! Fran Bas.

Fr. Dorthee.

Si henn, waiß Gott, e Sparre,
Herr Bebber! Growwi Gspäß versteh i nit.

Lizenziat.

Es isch
Mer halt e-n-Unglük gschehn im 'Ryngehn. Do am Disch
Haw i mi gstoße, bin hienghaauelt uf de Bobbe
Un haa b'Fresur verknetscht.

Bryb
'S isch fast so gsin.

Fr. Dorthee.

Si sobbe
Doch ebbes gschilter sin.

Lizenziat.

Säwwrä! 'S isch wohr, Frau Bas,
Merr sicht halt gar vilmol nit wybberst als ihn Nas.
Diß liewi Brybel bo het mi us denim Larwwrente
Gezaoue. 'S isch gar guet un macht fen Sparrjemente,
Wenn's uf e Dienst ankummt.

Fr. Dorthee.

Jo, es isch frech genue.
Jer pudre ne ze vil!

Bryd.

I waiß schunn, was i bue.

Fr. Dorthee.

Si koste mi jez bo vil Puder un Bummade!
Un wott e Grauel noch un Staub.

Bryd.

Zell wurd vil schade!

Fr. Dorthee.

In bere Lad sinn jo noch fünf Hoorguffe gsin?

Bryd.

I haa imm Herre zway gstekt in be Dubbeß nyn.

Fr. Dorthee.

Wer het's ych ghaiße? Hä?

Lizenziat.

Sie müe'n nit so haßlicre
For nix un wibber nix. Sie solle nix verliere.
I bring ne d'Guffe morn zeruk.

Fr. Dorthee.

'S breffirt nit so.

Lizenziat.

Un 's Liffel hyroth sich, Frau Bas, isch's wohr denn?

Fr. Dorthee.

Jo.

Bryd.

Sich selwer hyroth's nit, e=n=andre=n=awiver.

Lizenziat.

Spübbel

Du nit eso; lehr du nurr d'andre niz, Roßgöbbel.

Bryd.

Au wibber guet!

Lizenziat.

Frau Bas, es stoßt mer siedi uf,
Daß Si mer niz dervon hen gsteft.

Bryd.

Sie henn gar druf

Spikkliert?

Lizenziat.

Halt's Muul! So ebs duet merr aim vorus saaue;
I haw e Byle jez, es stekkt mer dik im Kraaue.

Bryd.

Verwurrje Si nit dran, 's Brechbulver isch nit by'r,
Do ruest' ich liewer glych im Uelri.

Lizenziat.

Glych sichst 's Fy'r

Im Schwarzwald, Raffel du!

Fr. Dorthee.

I waiß nit, was Si welle,
Daß Si sich uf emol so wetterlynisch stelle.

Lizenziat.

Jer Dochter genn Si do so imm e junge Burst?

Bryd.

Soll's denn e Kracher sin, e=n=Alber?

Lizenziat.

Bryd! De wurst

Gedeffelt welle sin.

Fr. Dorthee.

Gehn eurer Wäy in d' Küche.

Bryd.

Bonkswar, Herr Lizeziat. (Geht ab.)

Lizenziat.
Wärb's nurr au imm e Ryche
Wo Si 's scheen Lissele so gebbibje.

Fr. Dorthee.
Wer saat,
Daß er nit rych isch?

Lizenziat.
Was! Der het doch in ber Daat
Gewiß nit, so wie ich, an Gfäll dreidausig Gulbe,
E-n-ayes Hysel noch un nit e Heller Schulbe,
Un Bettwerk, un Gebüech, Huusroth un Küchegschirr
Von Kupfer un von Zinn. Am Körber bin i dirr,
Doch kan merr mit mym Geld als brav Fett us mer koche.

Fr. Dorthee.
Wenn nurr au 's Geld jung miecht, un gebbi frischi Knoche
Un neui Zähn.

Lizenziat.
I haa bonnoch e guets Gebiß.

Fr. Dorthee.
Jo! Wyl Si ieri Zähn verschrywe-n-us Barris.

Lizenziat (für sich).
Wer Deichert saat so Dings?

Fr. Dorthee.
Was henn Si benn berwibber,
Daß 's Lissel Hochzyt macht?

Lizenziat.
'Sisch mer in ali Glibber
Nyn gfahre.

Fr. Dorthee.
Kriejt's benn nit e junge scheene Mann?

Lizenziat.
'S hät inim e gsezter gheert, wo's au belewe kann!
Ken Liftling. 'S Sprichwort saat: daß b'Wywer by be-n-Albe
Un by be rüewije-n-am beste were ghalbe.

Fr. Dorthee.
Vil saaue 's Gejebail.

Lizenziat.
  Kurzum, i haa druf gspalt,
Daß ich ier Lissel kriej.

   Fr. Dorthee.
   Diß isch doch recht verzwalt,
Daß Si's eß nie hen gsait. Do macht merr sich ken Grille;
Merr freaut, merr kriejt e Korb un steckt ne-n-yn im Stille,
Halt um e-n-andri an, nimmt noch e Körwel mit,
Holt sich drei, vier derzue, biß aini 's Jowort gitt
Un endli sich erbarmt.

   Lizenziat.
   Frau Bas, biß sinn nur Faxe.
Mier bät ken Kerwelkrutt in 's Lissels Garde wachse,
Es het mi gar ze gern un lacht, wenn's mi nurr gsycht.

   Fr. Dorthee.
Diß buen noch anbri Lyt.

   Lizenziat.
   Wie wärb's, wenn i villycht
Recht mit em rebbibi?

   Fr. Dorthee.
   Si kinne's jo browwiere;
Do müen Si awwer jez ken Auesblik verlicre.
Gehn Si als, haidebritsch, zue 's Prechters.

   Lizenziat.
    Jsch es dert?

   Fr. Dorthee.
Jo. Rebbe Si imm zue, bis daß es sich bekehrt,
Un brebbje Si druf los aß wie e Galjepaber.

   Lizenziat.
Diß will i, denn i bin jez gar vil obsenaber
Jn myner Lieb, wyl bo der Lubbel 's Lissel will.

   Fr. Dorthee.
Na! basche Si als aa, un schweye Si nur still.

   Lizenziat.
Pongswar, Frau Bas, i geh, schmangwäh, wie Si's befehle.
       (Geht ab.)

Fr. Dorthee.

Was het merr for Langwyl, bo mit dem dirre, scheele
Un schofle Lizeziat. Wärd nit der Zix so rych
Un noob mit ess verwandt, ze ließt merr ne-n-im Stich
Un bät em vor der Nas, bem Schebbs, b'Husbier zueschmebbre;
So awwer gheert der Bezz zue unsre nächste Bebbre;
Do erwe mer emol. — Was der for Onfäll het!
Will's Lissel han! — Er isch boch bumm aß wie e Brett.
Er soll nurr zue em hien: es wurb's em bichbi stele,
Wo Barbel hohlt be Most. Demm wurb's abarbi schmele,
Daß er for Eyerbrüej kriejt yngschenkt e Burjaz,
Wo ne stark trywe wurb. Diß gitt e rechbi Haz,
Wenn's noch der Wolfgaug heert, baß in be-n-albe Daaue
Der imm syn Schäzzel will, mier nix, bier nix, abzgaue!
Er kriejt ne uf be Belz; bo gitt's villycht noch Riß.
Wenn i's mym Mann verzähl, ze lächert's ne gewiß.
Wo blybt er nurr so lang?

(Geht ab.)

Vierter Auftritt.

Prechters Wohnung.

Fr. Prechtere. Klärel.

Fr. Prechtere.

De muest nimm' an ne benke.
Eych, Klärel, an e Mann soll merr syn Herz nie henke,
Wenn merr nit syner Sach gewiß isch.

Klärel.

Großer Gott!
Diß hät i nie geglaubt, baß er lychtfertje Spott
So mit mym Herze trybt. J kan's au nonnit glaube.

Fr. Prechtere.

Glaub's obber nit. De gheerscht boch au nit zue be Dauwe.
Syn Babber het's jo gsait vor bier, aß wie vor mier.

Klärel.

Es stoßt mer's Herz noch aa.

Fr. Prechtere.

        Se sey doch gscheid un füer
Dich nit so kindisch uf. 'S gitt noch vil bravi Männer,
Un du bisch aine werth, so guet aß andri.

Klärel.

           Wenn er
Nurr nit sich so verstellt un so gelaoue hät,
Se kämt er mer als noch unschuldi vor. J bät
Jmm geru biß, was er duet, wie schlimm's au isch, verzehe.
Villycht isch's syn Schuld nit.
          (Wischt sich die Thränen ob.)

Fr. Prechtere.

           Fang doch nit an ze schreye.
Dier kann's nie iwwel gehn. De bisch e zue guets Kind,
Bisch dyner Mueder Fraid un Trost. Schlaa's in de Wind!
Geht ain Hoffnung ze Grund, kummt d'ander ball ergeeje,
Wenn's Wolfgangs Eltre nurr elain sehn uf's Vermeeje,
Se sycht e-n-anderer uf byn guet Herz by bier,
Uf Hyslikeit, Verstand, Ordnung un Flyß. Verlier
Nurr d'Hoffnung nit e so.

Klärel.

           Het merr e glükli's Lewe
So ganz gewiß erwart', so kan's nimm' lycht ebs gewe,
Wo aim 's verlore Glük ersezze kan. For's Herz
Sinn d'Lüllebüesser nit. Do isch der aye Schmerz
Noch beßer als e Fraid, wo aine soll bedaiwe;
Verdruß un Drurikait lon sich nit iwwerklaiwe,
Wenn si dief im Gemüeb schunn Wurzle gschlaaue han.
So wie der Wolfgang gfallt mer nie e-n-andrer Mann.
Er het Verstand un Fy'r, isch ernsthaft un doch munder,
Guetmüebi wie e Lamm un frynbli. J verwunder
Mich alemol an imm, daß er so ales waiß,
Un wie merr mit em redt, als bly't im rechte Glaiß,
Un sich nix druf ynbildt. Un was er for Talente
Erst uf der Kanzel het! Von ale-n-El un Ende
Gehn d'Lyt zu em in b'Kirch, wenn er e Breddi halt.
Was er do herzli redt un rüereb! Jung un alt
Versteht ne-n-un begryfft recht dylli syni Lehre;
Merr kinnt em ufmerksam e halwe Daa zueheere.

Er sycht au dornoch us. Syn groß un scheeni Gstalt,
Syn schwarz un syri's Au, syn frischi Farb, die gfallt
De Lytte gar; un dnoh isch au syn Stimm so kräfdi,
So hell un doch au dief, ball sanft, ball wibber hefdi;
Un nix erkünstelt's het syn Ton un syn Figur,
Syn Anstand un syn Ernst, 's isch ales ganz Nabur.

Fr. Prechtere.

De hest in alem Recht. Doch muest ne jez vergeße;
Nie soll merr uf e Mann so gribbi sin verseße.

Klärel.

Kann merr denn dofor ebs?

Fr. Prechtere.

Drum sollst be Gläsler nit
So wyt weggwerfe. 'S isch e braver Mann. Es gitt
For Jümferle wie ier, nit ale Daa Hochzybder.
Jer meechte si berzue noch us em Eff.

Klärel.

Schunn wibber
Kummt do der Kolmerer by Inne-n-uf's Dabeet.

Fr. Prechtere.

Was hesch denn geje ne?

Klärel.

I waiß es nit. Er steht
Mer halt nit an. So isch's. Es gfallt mer au syn Namme
Nit recht; dernoh syn Sproch . . . .

Fr. Prechtere.

Do sottst be dich doch schamme,
Verstänbi wie be bist, uf Klainikaide so
Nurr aacht ze genn. Was macht dier denn syn Namme do?
Syn Sproch heer i recht gern. Merr redt's Dytsch als noch
beßer
Ju Kolmer aß wie hie; freau nurr de Herr Brofeßer.
Der geht als manchmol nuf uf Kolmer, un dem gfallt
Diß owwerländer Dytsch gar guet. An syner Gstalt
Isch doch nix wibberli's, un an sym Lewswandel
Gar nix ze table; dnoh het er e guete Handel,

Jsch rych, guet, jung un frisch, nit dumm, un het di gern:
Was welle-n-err denn noch, ier Maible? Himmelstern!

Kärel.

J will emol e Mann, wo gscheid isch, wo in Ehre
Von andre ghalbe wurd, von dem merr au ebbs lehre
Noch kan, wo b'Welt het gsehn, un wo Maniere het.

Fr. Prechtere.

Merr kriejt's nit alemol, wie merr's meecht han. Es steht
An dier, ob bu ne witt. Jch wurr di niemol zwinge.

Kärel.

Myn Glük isch halt verbey. Duen Si nit in mi bringe
For dene Kolmerer. Het merr am Mann kain Fraid,
Ze-n-isch b'Eh wybberst nix aß e langs Herzelaid;
Do buet merr gscheiber dran, merr bly't syn Lebbaa lebbi.

Fr. Prechtere.

E Mann isch besser noch aß kainer. Doch, i brebbi
Nurr dauwe-n-Ohre bo. Der Wolfgang het diß Kind
Vergaukelt un verhext.

Kärel.

　　　　　J bin em als nit Fynd;
J haa ne vil ze werth.

Fr. Prechtere.

　　　　　J kan bi nit begryffe,
'S isch ales was i saa, be Myse halt gepfiffe.

Fünfter Auftritt.

Die Vorigen. Lizenziat Wehlbräu.

Lizenziat.

Pongswar Frau Bas. Wie steht's?

Fr. Prechtere.

　　　　　So so, bis's besser kummt.

Lizenziat.

Un Si, scheen Bäsel? Hä? Si sinn frey gar verstummt!
Ewwezemär . . . . Si sehn vergelstert und verbabbert
Jo us!

　　　　　　　　　　　　　　4

Klärel (beiseite).

I waiß nit recht was der alt Stachel schnabert.
(Laut.)
W..s steht ne ze Gebot, Herr Vedder?

Lizenziat.

Mier? J freau
Wie's um ier Gsundhait steht?

Klärel.

Ze biene, guet.

Lizenziat.

J trau
Imm Wetter nit erecht. J main, 's buet doch ebs himble.

Fr. Prechtere.

'S het Kopfweh.

Lizenziat.

Pong! S' isch guet. Do laye Si nurr Limble
Mit Kelnisch Wasser gfycht uf b'Schläf un irwwer b'Nas,
Wenn Si in's Bett gehn. 'S stärkt ne b'Nerve, Jumfer Bas,
Un macht noch wachse b'Hoor. Duen Si sich au erbreche?

Klärel.

Ich? Ahewohl.

Lizenziat.

Pong! Pong! Do kinne Si bruf reche,
Daß 's nit vom Maaue kummt. Si sehn doch schnaikecht us!

Fr. Prechtere.

Es isch em halt schunn lang hublecht: bnoh het's Verdruß
Au ghet.

Lizenziat.

Wie! Was! Schakträng? Liebs Bibbele, Si wäre
Nit bees sin irwwer mich?...

Fr. Prechtere.

Die scheen wyß Käzzelere,
Wo als so zahm iß, gsinn un brächbi het gemuußt,
Jsch schiewes gange zeß, bo het's halt recht gepfuußt.
'S isch gar e guets Vieh gsin, gemäh un wachber, gspäßi,
Flabbierli, buschberli un brobber, au nit gfräßi.

Lizenziat.

'S Vieh isch vergängli halt, un b'Razze müe'n in's Gras
Au byße wie der Mensch. Merr baikert, Jumfer Bas,
Wenn aine, halt, der Doot im Tribb het ze maggaye,
Un mit der Baiwerdatsch aim's Stunbeglas buet zaye.
'S Vieh isch fast ungezahlt noch besser dran; es waiß
Zuem Vorus nix dervon, bo macht's em au nit haiß.
Betrüewe Si sich nit for so e Dier, myn Schäzzel:
I bring ne morn e jungs un brächbi's Sybekäzzel;
Es isch e Röllerle-n-un greau, um b'Schnuub isch's wyß,
Un an be Däzzle-n-au. Es macht ne Fraid gewiß;
'S haißt Räbbele.

           Fr. Prechtere.
           Si sinn jo gar gallant, Herr Webber.

           Lizenziat.

I bin e Kazzefrynd.

           Klärel (beiselte).
           Wär nurr der birr Fleehpeber

Schunn wibber furt.

           Lizenziat.
           Gummang? Scheen Bäsel, was beliebt?

           Klärel.

I bank ne for's Bressenb.

           Fr. Prechtere.
           Due boch nit so betrüebt!

           Lizenziat.

Wemmerr ebs liebs verliert, buet's aine-n-älsfurt leye;
So isch merr genabuert. Do mueß merr aim verzeye,
Wemmerr halt us Verdruß e bissel prozt un gräzt
Un wie e Frosch im Muer noch bis in b'Nacht nyn quäzt.
Was het's mi nit b'elendt, wie myn gelehrbi Azzel
Verunglükt isch? Im Huus isch bo gsin e Gezwazzel,
D'Maaub isch gsin usser sich, der Knecht het wüest gebon
For lubber Bangilait, die Köche lauft bervon
Un holt mi. Wie i kumm, je het sie noch gazawwelt
Un mit be Füeßle so am Bode stark gekrawwelt;
Si het mi noch erkennt un het mi angegukt,
Als Gotterspruch: bo lucau, wie 's Hanjele verzukt.

I fych be Beaujel noch, wie er verbräit het b'Aue
Un mit em Schnawwel gschajit, als bät er an ebs laue,
Wie er geburkelt isch, wenn er het welle stehn,
Un wie er noch am Eud e Geller het lon gehn,
Dnoh b'Fleyel us het gstrekt un wyt ufgsperrt de Schnawwel.
Druff hätte fi mer ne schier mit der Offegawwel
Gar gschmiße nus uf b'Gaß; do haw i awwer gsaib:
Was! saa i, Hekewolk! der Hansel isch myn Fraid
Finf Johr lang gsin un het so brächbi redde kinne,
Un het mer gsysert 's Huus von Schwowe-n-un von Spinne,
Un, mit sallvenje, soll er jez nus uf de Mist,
For daß ne b'erst best Kaz anschnuffelt un gar frißt?
Nixbi! Der Hansel nueß scheen usgeböllelt were;
E so gelehrts Stükvieh soll merr im Doot noch ehre.
Wer d'anbre-n-ehrt, ehrt sich, un wie merr in de Wald
Nyn gryschlt, so gryscht's erus. Mit der Münz wo merr zahlt,
Zahlt ces e-n-anderer au . . . .

Klärel (beiseite).
Es isch nimm' uszehalbe! (Geht hinaus).
Lizenziat.
Wohien, liebs Herzele? — Es buet mer's Herz verspalbe,
Daß es so bruurt isch.

Fr. Prechtere.
Diß wurd als schunn vergehn.
Lizenziat.
Wo isch denn 's Lissele?

Fr. Prechtere.
I haa's hyt nonnit gsehn;
Doch soll's hyt Owes noch e bissel zue ess kumme.

Lizenziat.
I hät em ebs bressierts ze saaue-n-un meecht numme
Erfahre-n-ob's wohr isch, daß es ball Hochzyt macht.

Fr. Prechtere.
Atmol isch's wohr.

Lizenziat.
So ganz isch's bonnit usgemacht.
Denn i kumm, wayer, her, for's emm noch uszerrebe;
Syn Mueder meecht's gern han.

Fr. Prechtere.
Do wott' i nit bruf webbe.

Lizenziat.

Si schilt mi dorum her.

Fr. Prechtere.

Diß sinn nur Schnelkebänz.

Lizenziat.

Nixdt, Frau Bas. J bin doch au kain Bebbelenz,
Waiß was der mehr, ich. D'Starkhanse, b'Frau Rothherre
Will han, i soll kurz um, im Lißele-n-aawehre
Von syner Hyroth do. Si het ebs anderfts vor,
Un 's reut si bichbi jez.

Fr. Prechtere.
J glaub's nit.

Lizenziat.
'S isch doch wohr.

Si het e-n-Au uf mich.

Fr. Prechtere.
Uf Si! Was? Si beziere!

Lizenziat.

Nong! Nong! Frau Bas. J saa's. J wurr Si nit anrüere.
J bin ken Bue un mach nie so kiennizzi Gspäß;
Was ich ze saaue haa, saa ich aim grab ins Gfräß.

Fr. Prechtere.
Si rebbe scheen Dings bo un were frech un häwi.

Lizenziat.
J red frei von der Bruft; wärds der Ammeifter, gäw i
Jmm b'Antwort so: bo hesch's, un isch der's nit genue,
Se ftel, myntwäye, gschwind e Steksel noch berzue.

Fr Prechtere.
Poz bansig!

Lizenziat.
'S ftoßt mer uf, daß Si so ftyff weggläugle,
Was i ne saa. — J waiß 's gitt Maible so, Gehlschnaiske

Un Neese, grubflichbi, wo saaue-n-ich bin schunn
Root am Sanggalle Marsch. So Meerkazgsichtre gunn
J Schmebber, Buffer, Schmiß, un wott merr bät si jeße,
Daß ne b'Hutt finkle bät, die Raffle, wo vergeße,
Daß i noch frisch un stark im riewje-n-Alber bin,
Un daß si wybberst mix aß bummi Zißle sinn.
E Mann wie ich, der baßt erst recht for b'Jumfer Lißel,
Un for b' Familje-n-isch, Kryz un ken End, e bißel
Meh Ehr derby, wenn ich, e hießer Burjers Sohn,
Die Dochter nimmt, aß wenn der Lump si schleppt dervon,
Wo merr frey maint, er isch imm Hund vom Wabbel gfalle.

Fr. Prechtere.

E Frember? Was?

Lizenzlat.

Aimol. Der Krummnas, wo ken Schnalle

An syne Schueje braat.

Fr. Prechtere.

Der Herr as Breme.?

Lizenzlat.

Jo,

E growwer Zozies isch's, ken Herr.

Fr. Prechtere.

Wer kummt denn be?

Ah! Der Herr Gläsler isch's.

Sechster Auftritt.

Die Vorigen. Gläster. Christinel.

Gläsler.

Ne scheene guede-n-Owe,

Froi Prächtere. Wee gehts?

Fr. Prechtere.

Mer kinne's nit recht lowive.

Myn Dochter het Kopfweh un ich e klaini Scheen.

Gläsler.

'S isch mer vo' Härze laid,

Lizenziat.

Ich hoff, 's wurd ball vergehn.

Gläsler (den Lizenziat erblickend).

Ghorsamer Diener, Herr.

Lizenziat (sich tief beugend).

Wott Serrmithör. Was lewe
D'Lyt guets im Orwerland?

Gläsler.

So so. Wä' nome b'Näwe
Re bizzle beßer halt uffähde, gieng's als guet.
Der Maister isch by-n-üäs der Herbst, was bär nit duet,
Kann webber d'Frucht, no' Hambf, no' Duwak, wee do hunte
Uswärse. 'S isch e so. Der Räbmann isch meh gschunde
Aß epper ainer no', u' springt doch nit so wyt
Aß wee ne-n-andre Buur.

Lizenziat.

Was mache-n-ieri Lyt?

Gläsler.

Ich dank der Nohfrooj: guet. — Es word dee Jumfer Märel
Doch nit bettläjrigg sy'? Ich hab gwiß by'm e Härel
Glych gmerkt, es fählt 're-n-ebbs. Soll i nuf zue 're gehn,
Ich sähdi see rächt gärn.

Fr. Prechtere.

Nain. Blywe Si nur scheen!
Si kummt jez glych eraa.

Gläsler.

Wänn's norr bäm liewe-u-Aengel
Nit üebel geht. So guet, so ohne-n-alli Mängel
Un Fähler gitt's gewiß niggar viel Jumfre hie.

Lizenziat.

Parthong! 'S het jezzert so in Stroßburg meh wie nie.
Wurrum? Mer halbe viel uf d'Kinderzucht. Wer wiße,
Daß merr sich bo len Sorj, len Müej mueß lon verdrieße,
Un daß merr d'Bäumle jung mueß bieje. Jung gewohnt
Isch alt gedon. 'S gitt nix, wo sich am End nit lohnt.
113 Kinder wäre Lyt; wie d'Eltre d'Kinder zeye,

So henn fi fi. Demm bo, wo jung buet b'Arwet fcheue,
Bekummt fi, wurd er gros, aß wie de Hunde 's Gras.
Drum fehn mer hie ftark bruf, ifch's jez nit wohr, Frau Bas?
Daß unfri Malble recht an's Schaffe fich geweene.
D'Arwet macht gfund, un fteht de Wüefte wie de Scheene.
Drum henn di Jumfre-n-au fo fchafferichbi Händ;
'S Horn an de Fingre het no' wenni Lyt verfchändt.
To mülen fi ales felbft fich fpinne, näeje, ftrikke,
Mit ftehn am Beejelbifch, 's Gebüech un d' Klaider flikke,
Ynkaufe-n-uf em Märk un koche-n-in der Kilch;
Wer vil Hilf brucht, ifch arm, wer wenni brucht, ifch rych.
Dno were fi au fcharf zuem Kirchegehn angbalbe,
Un bo henn fi, gewiß, 's Exempel an de-n-Alde.
Merr ifch hie erwer, frumm, lebt nit in Suus un Bruus,
Un ehrt au b'Gaiftlikait. Reljon bringt Glük in's Huus.

Gläsler.

Där Herr redt wee-n-ä Buech. Aer het doch o' vil Kinder?

Lizenziat.

Ich? Nong, myn Herr. Wurrum, i haa nit ains.

Gläsler.
Der Schinder!

I hät, by Gosch, fo gloibt, är het ä ganz Huus voll,
Daß är's fo faaje kan, wec merr fee zieje foll.
Het är nie keni ghet?

Lizenziat.

Nong. Wurrum, i bin lebbi.

Gläsler.

Aer ä Junggfell?

Fr. Prechtere.

'S ifch wohr. Der Herr ifch halt zue ftebbi
Als gfin, zue yngebildt, het fich zue lang bedenkt.

Lizenziat.

'S ifch fo. Merr ifch manchmol im Kopf grab wie verrenkt;
'S haißt au: Ochs fchau uf's Buech, wemmerr e Frau will
neimme,
Daß merr nit hindedryn fich wie e Hund muß fchämme:
Doch ifch es als noch Zyt.

Gläsler.

'S isch doch ä bizzle spoot.

Lizenziat.

Was spoot? J bin nit alt. Granuade Sabberlot!
Waiß er 's, wyl er mer doch er saat. Er soll z'erst lehre,
Wie merr so Lyt wie ich tibliere duet un ehre!

Gläsler.

Haa-n-i's dän bees so gmaint, Herr Lizeziat?

Fr. Prechtere.

Si sinn

Hyt ordetli wie lezz.

Lizenziat.

J bin aß wie i bin,
Un wärde b'andre nurr wie ich, je gängb's von aaße,
Wie gschmiert in dere Welt. Es hewwe gar viel b'Nase
Mainaidi hoch in b'Heeh, wo nix sinu geje mier,
Un wo i, wemmer will, blind uf de Gänsstall füer.

Gläsler.

'S kummt epper. Wär kan's sinn?

(Klärchen und Christinchen treten ein)

Lizenziat.

A Pongswar! Endli kumme
Die scheene Jümferle. Wurrum isch's Lissel numme
Nit au derby?

Christinel.

'S kan nit. Es blyt hyt Owes b'haim
By syner Mueder.

Lizenziat.

Pong. Merr kan, myn sechs, doch kai'm
Von dene Maible do ken breesel numme traoue.
Was hesch be mi nit hyt, Christinel, frech belaoue
Mit dere Lycht?

Christinel.

Was isch?

Lizenziat.

Wie i uf b'Kurwaau nus
Geloffe kumm, se haißt's: Halt, vor der Düer isch brus.

'S Door isch scheen zuegsperrt gsin, un wie i's uf will mache,
Se schieße drei vier Hund los uf mi grab wie Drache,
Der ain pakt mi am Rok, der ander springt in b'Heeh
Un schnappt mer nooch der Naas, der dritt, noch buet mer's
                               weh,
Byßt mi in b'Strümf, der viert ryßt mer gar us de Hoße
E Schliebe. Hät i nit e Geller usgeloße,
Se hät diß Deifelsvieh mi ganz verhoort, villycht
Noch umgebrocht derzue.

                 Klärel.
                 Ey! Wott e brurji Gschicht!

                 Lizenziat.
Do isch e Garbemann halt gschwind derzue geloffe,
Der het die Kaimehund recht mit der Baitsch getroffe
Un het si durchgegerbt.

                 Klärel.
                 Do hät i mi gewehrt;
Si saaue jo, Si sinn so herzhaft.

                 Lizenziat.
                 Was verkehrt
Si redde. 'S Wehre-n-isch aim alemol verbobbe,
Wemmerr nix by sich het. I haa ne Babbeljobbe
Hiengschmiße, daß i si bedädi, haa ne Tritt
Stark usgedailt, haa gflucht un ghylt, 's het ales nit
Gewalt. I haa jo noch myn Gsangbuech 'rusgenumme,
Daß i dem wüetje Viej recht uf de Belz kan drumme,
Un haa's gar unter d'Hund hiengschlenkert.

                 Klärel.

                 Wott e Haz
Diß mueß gewese sinn!

                 Lizenziat.
                 Si henn e recht, myn Schaz.
I haa schunn nimm gemaint, i kumm mit Hutt un Hoore
Dervon, un haa nii au mit Lyb un Seel verschwore,
Daß i niemol elain vor's Door geh nurr e Schritt,
Ohn daß i, usser'm Stock, Salbüfferle nimm mit
Un e Schnappmesser noch, e gschliffes.

Klärel.

Dnoh mit der Lycht?

Lizenziat.

Wie isch's gange

Die Lycht? Sie het gar nit angfange,
Si isch uf morn verlait, von wäje das der Doot
E paar Verwandi het, wo erst hyt Owes spoot
Ankumme hie.

Christinel.

Bin i jez schuldi dran gewese
An ierem Mezzersgang, Herr Pfebber?

Lizenziat.

Geh, Schwäzbese,
Schwey numme mysli still, bisch e durchtriww'ni Krott,
Wo merr in's Raspelhuus e Wuch lang sperre sott.

Christinel.

Si henn mi viel ze lieb.

Lizenziat.

So. Strich mer nurr de Kuzze
Un mach guet Männels, Hey! De ...ist, 's duet als ebe nuzze;
J bin glych wibber guet. Art loßt nit von Art;
D'Kaz muußt, so wie si sycht; e Gais kriejt fruej e Bart;
Der Apfel fallt nit wyt vom Baum. J glych uf's Härel
Myn Babberseeli ganz.

Gläsler.

See sinn jo, Jumfer Klärel,
So still. Hän See noch Schmärz?

Klärel.

Jo. 'S isch mer als nit guet.

Gläsler.

J la See nit so fähn un gäbb' my aije Bluet
For eerl Gsundhait här.

Fr. Prechtere.

De bisch als guet angschriwwe,
By'm Herre.

Lizenziat.

D'Höflikait het ne-n-emol getriwwe.

Do mache Si nurr gschwind e Kryzz in ier Kämin.
Merr kan's em halt nit so for iwwel nemme. Fyn
Sinn si bert owwe nit, wurrum, wer sott si's lehre?
D'Lyt fehle ne derzue; bo müe'n fi 's ganz Johr zehre
Us ierem ay'ne Fett aß wie der Dachs. J wett,
Daß merr in fyner Stabt nit aine finde bät,
Wo in Gelehrsemkait ebs recht's bedytt. Er soll mer
Nurr a i n e saane.

Gläsler.

　　　Was? See finn, Gott strof mi, z'Kolmer
O' nit uf b'Nase feit. 'S het bert viel glehrbi Lyt,
Gstubbierbi, wee by euch, dee wiße-n-o', well Zyt
Un was der Mehr isch. Gwiß, mer hän spizfändfi Männer,
Wo aim ufz'rothe gär, schriftmäßigg. Saaje, hän err
E Mann, wo-n-isch so schlci, so gspäßigg, so verblümt
Aß wee der Pfäffel? Hä? Sinn euri o' so b'rüemt?
Un 's isch bo' wunderfam, bär Mann sycht an de-n-Dige
Ke Stich un het's im Griff. Ke Poiker schlajt sy' Poile
So blizgschwind, aß wee bär Bärs macht, un Gschichte schrybt,
Wo epper, wo see läßt, sich lustigg b'Zyt vertrybt.
Mer hän bernoh, by Gosch, o' glehrbi Abvekade,
Dee kenne sich o' brait 'ruslaye-an de Lade;
Dee rebbe wee gebrukt franzeesch, labbynisch, bytsch,
Un schrywe was err we'nn, biß geht ych haibebritsch.
Het's hie o' so-igi?

Lizenziat (aufgebracht).

Genue un meh.

Christluel.

Herr Pfebber,

Was sinn Sl im e Jast un Zorn?

Gläsler.

Poz Hüenerwätter!
'S word mer erbrächerigt, ier Maiseloffer, ier!
Daß ier üss blubb nsähn wee Essel un wee Stier.
Heert merr ych an, se hän zwai Dutter by-n-ych b'Eyer,
Un ier hän de Verstand elalnigg gfräße.

Klärel.

Ei rebbe niggar ſcheen.

Waher

Glääler.

J nimm ke Blatt for's Muul.

Chriſtinel.

Ei henn e recht.

Lizenziat (beiſeite).

Was ſanſt? J wurr derr ains, nit fuul,
Verſezze-n-iwwerz Ohr, du Gehlſchnaif. Was, dem Lalli,
Dem Bobbelaſt giſch recht?

Klärel.

ſMerr ſoll nit iwwer ali
Lyt im e ganze Land loszehe.

Chriſtinel.

Jo 's iſch wohr.

Lizenziat (beiſeite).

Vollhämmel, wo err ſinn, i kumm ych noch in d'Hoor
Un ropf ych aß wie Gäns.

Glääler.

Un was mer ſcheeni Froie
Um Junfre hän, wo ſinn wee Aengel aazeb'ſchoie,
Un guet ſinn, nit ſo ſpreeb un gſprießt un ſtyff wee hie.

Chriſtinel.

Zell iſch gewißli wohr.

Lizenziat.

Biſch jo, Hannikel, nie
In Kolmer gſin.

Fr. Prechtere.

Was macht's? Es het's vom Heereſaaue.

Lizenziat.

Lohkäs! Es gaxt ſo Dings, wyl i's nit kan vertraaue,
Wemmerr mer Unrecht gitt.

Fr. Prechtere.

Guk! Wott e Meiſterhans.

Lizenziat.

J bin wie ali Lyt, haa gern e recht un kan's

Halt nit wie anderi vermümfle-n-un vermamfle.
Demm, wo mer wibberbefzt, meecht i glych e paar Hamfle
Ohrfeye genn.

Gläsler.

Hola! Herr Nochber, 's geht nit so;
Ohrfyge kan är ot vo' mier glych krieje do.
Sycht är biß Füstel? Hä? See sinn biß Johr guet g'rothe
Dee Dachtle; steh' ze Dienst.

Märel.

Na. Na.

Lizenziat.

I wott's em rothe.
Verhindre Si mi nurr, daß i mi nit vergryff
An dem Wynleauel do.

Gläsler.

Was brummlet bo der styff
Un maajer Duttle?

Fr. Prechtere.

Still! I will ken so Trafari
Im Huus hann.

Lizenziat.

Wayer na, St sobbe-n-e Latschari
Wie der bo nit nyn lon.

Christinel.

Herr Pfebber! Sinn Si gscheid.

Lizenziat.

Jo, de hesch recht. Es gitt sunst noch e Herzelaid.
Merr kummt mit Narre so lycht wüest wegg in de Gspäße;
Wer sich in b'Plehe stekt, wurd von de Schwyne gfreße;
Der Wyn schmekt noch em Stol; schwarz macht merr sich am
Rues;
E Kueh versteht nommeh von ere Muschketnuß
Aß der von Höfflikait. D'Gaisböl buen alsfurt stinke;
Wer mit de Krumme lebt, der lehrt au gar ball hinke;
Un Brotwürst mueß merr nit im Hundsstall sueche.

Gläsler (zornig).

Will
Där Herr glych schwyge jez bo mit sym Beehgspr
äch.

Fr. Prechtere.

Mit dem Gelibbels do, un dem Gebuebs.

Lizenziat.

Verwehre
Si's demm Lettschenkel z'erst, for Lewesart ze lehre.
Jez mueß i zuem Fischkal, er freaut mi ebs um Rooth.
Pongswar byjamme; 's wurd mer sunst e bissel spoot.

(Geht ab.)

Siebenter Auftritt.

Die Vorigen.

Gläsler.

Jo geh! Sust wott i berr ä Liebel doch vorgyne,
Wo de le Fraid bra' hätst, un wo bi glych miecht schwyge.

Klärel.

Daß Si's nurr wiße-n-au, Si süere sich schlecht uf.
'S isch ken unwärher Mann.

Gläsler.

Aer redt aß wee im Suff.

Fr. Prechtere.

Er isch mit ess verwandt.

Gläsler.

Was schärt mi's, wärb är gichyber,
Wärb's besser. Am Verstand isch's by däm Frazzeschnyder
Gar wunzigg bstellt. Där sott norr kome zue-n-üss nuf,
Aer könnt scho' Lehrgäld gän.

Christinel.

Wie sicht denn Kolmer us?

Gläsler.

Aes isch ä großi Stadt. 'S Gebirgg isch in der Nääche,
Do sinn viel Schlößer druf.

Christinel.

Was fürrigt?

Gläsler.

Aer räche

Gar vieli, un i wüßt see nit glych so. J kan
Nix bhalte. Hohflnschburgg un Kienze-n-unte dran,
Dreyegse, Hohlandschburgg, Blitschburg un Dreie-n-Aare.
Jä 's sinn no' meh ... Schwarzburgg ... J zehl mi
           schier zuem Nare.
Norr still ... By Razzebal bo steht o' so ne Schloß,
Un by Rapschwyr gar drei, un ains isch noch so groß
Aß d'andre zwa'..

Chriſtinel.
Abba!

Gläsler.
       Will epper bert nuf klättre,
To maint er, d'Felſe finn grad for ne ze verschmättre
So hoch un sträng nufgiezt. Do kriegt merr Angst un Bang.

Chriſtinel.
Was Si nit saaue bo!

Gläsler.
          Aes isch e haißer Gang,
Biz daß merr drobe-n-isch.

Chriſtinel.
          J hät jez an dem Gaiſe
Uf d'Berj e großi Fraib. Kinnt i, dät i wyt raiſe
In aler Welt erum.

Fr. Prechtere.
       De bisch Wildhirns genue.

Gläsler.
Do kome See zue-n-üss un 's Klärle-n-o' derzue,
My Mueder hät ä Fraib! i la's ne niggnue saaje.
Mer däte-n-ali d'haim See uf be Hände traaje
Un See an gar viel Ort hienfüere.

Klärel.
           Wohien benn?

Gläsler.
Was frooje? Uebral hien. — J haa my aye Gspänn.
Uf Münſter. Dert isch's scheen un prächtigg. Bärgg un
           Wälder

Un großi Dörfer dran un Mädde, Räwe, Fälder
Sinn durchenander dert ze sähn, un gscheldi Lyt,
Fryndschaftligg, guet un treu wee in der alte Zyt.

Chriſtinel.

Do meecht i jez ſchunn hien.

Gläſler.

E-n-andermol bo fahre
Mer hintri uf Marlirch, bo wäre Lynewaare
Un anbri Zyg ſo gmacht, Blybärgwärt ſinn o' dort;
Zäll iſch ä frynblicher un gar nahrhafter Ort.

Chriſtinel.

So Bergwert ſähb' i gern.

Gläſler.

Dernoh ſähn mer Müelhuſe,
Diß iſch ä bravi Stabt. Do heert merr b'Räder ſuſe
Un b'Webſtüel ſchnurre rächt, bert ſchafft was Händ
                                      norr het,
Drum hän bie Lyt oi ebs. Dernoh gitt's anbri Stäbt
Un Fläte, Schlöſſer, Bärgg un Kirche, See un Däler
Wo-n-i ne zaig.

Klärel.

Gewiß?

Gläſler.

'S nit halbe-n-iſch my Fähler
Nie gſy, wän i verſprich. Mier ſinn im Oberland
Treuhärzigg, ehrligg, grab, for üſs kan ainer b'Hand
In's Fy'r nylahe.

Chriſtinel.

Jo. Wenn ali Jnne glyche.

Gläſler.

Sinn gar ze güetigg, See.

Fr. Prechtere.

'S waiß aim uf's Brob ze ſtriche.

Gläſler (zu Klärchen).

See ſähn ganz üebel us. Do wärbs als beſſer ſchier,
See gänge ball i's Bett.

Klärel.

Si henn e recht. J gipüer.

Im Kopf e Hiz un Jaft, e Gfurrs un e Geböbbels.

Chriftinel.

Drum laj di uf e-n-Ohr, bo hilft ken lang Gezeebels.

Klärel.

Diß will i, denn mer gehn bonnit in's Kränzel hyt.

Chriftinel.

Do blyw i by derr.

Klärel.

Kumm, fe gehft be-n-au glych mit

Nuf in myn Stüwwel.

Fr. Prechtere.

Jo. 'S isch beffer.

Gläsler.

Na, ze schlofe

See gfund un wohl.

Klärel.

Guet Nacht. (Geht mit Chriftinchen ab.)

Fr. Prechtere.

Es duet sich selwer stro;e

Mit syner Stebbikait.

Gläsler.

Wee so?

Fr. Prechtere.

'S heert nit uf mich.

'S het be Herr Wolfgang gern, um der loßt's jez im Stich.

Gläsler.

Was schadt's. 'S isch ehder rächt. Se ka see mich aaheere.

Fr. Prechtere.

Jo! Do steht's ewwe lezz! Es loßt sich nit bekehre,

Will von ke'm andre Mann nix wiße.

Gläsler.

Zäll fiun Gspäß!

See hät's so guet by mier. Zwaimol kom i uf b'Mäß

hiehär: bo ka see mit. Duoh hä' mer ä Landgüetle

In Nychewyr.

———

Fr. Prechtere.

Was im e Maidelhirn buet brüetle,
Diß redt merr nit so us.

Gläsler.

'S wärd mer ä Härzelaib,
Wän i diß liewi Kind nit kriejbi.

Fr. Prechtere.

Mier miecht's Fraid,
Si wisse's. Awwer nie wurr i myn Dochter zwinge.

Gläsler.

See welle furt.

Fr. Prechtere.

I will em Lindeblueft nuf bringe
For Thee. (Geht ab.)

Achter Auftritt.

Gläsler. Reinhold.

Gläsler.

Diß isch ä Plcoj, 's verliebt sin. I worr gewiß
Zuem Narre noch derby un krank. I trink un iß
Nix meh, inwändigg brännt mi's grad wee Fyr un Schwäfel,
Kuum daß i schnuufe kan. Hätt i doch norr my Schäfel
Emol im Trukne.

Reinhold (eintretend).

Wie? Herr Gläsler so allein!

Gläsler.

Jä, Herr.

Reinhold.

Wo mögen denn die Frauen alle sein?

Gläsler.

Dee Froje? Drobe. 'S isch der Jumfer Klärle=n=üewel,
Do halbe see 're jez Gsellschaft in ierem Stüewel.
D'Mueder isch ebe nuf, b'Christin' isch o' derby.

Reinhold.

Wo fehlt's denn?

Gläsler.

Kopfweh so, un Härzweh, Feewer.

Reinhold.

Wie?
Und man verschweigt uns dies, man läßt Wolfgang nicht
holen?

Gläsler.

Zäll isch ä rächter Hecht, där Wolfgang.

Reinhold.

Was? Auf Kohlen
Bin ich. Was ist geschehn?

Gläsler.

Nix guets. Där Wolfgang loßt
'S Klärle-n-im Stich un nimmt e-n-anderi. Diß stoßt
Där Jumfer 's Härz schier ab.

Reinhold.

Wer konnt' ihn so verleumden!
Warum ist er nicht hier? Schwer drücken die versäumten
Minuten sie vielleicht zu Boden schon. Ein Herz
Wie dieses ist zu rein, zu zart, um solchem Schmerz
Zu widerstehn.

Gläsler.

Wohr isch's.

Reinhold.

Ich will zu Wolfgang eilen.

Gläsler.

Waiß är bän, wo-n-er isch?

Reinhold.

Wo er auch mag verweilen,
Ich find' ihn. Wolfgang hält der Liebe heil'gen Schwur
Treu, fest bis in den Tod. — Allein durch wen erfuhr
Dies gute Mädchen denn die ausgestreute Lüge?

Gläsler.

Waiß ich's?

Reinhold.

Den Lästermund treff' die verdiente Rüge;
Er soll mir nicht entgehn.

Gläsler.

J wott norr, 's wärb als wohr.

Reinhold.

Warum?

Gläsler.

Se wärb i boch ämol us aler Gfohr;
Do kriejt i see zuer Froi, bee Jumfer Klärel.

Reinhold.

Lieben

Sie sie benn so?

Gläsler.

J gloib's! Norr zue viel!
(Wischt sich eine Thräne aus dem Auge.)

Reinhold.

Sie betrüben

Mich, guter junger Mann. Sinb Sie benn auch geliebt
Von Klärchen?

Gläsler.

Niggar rächt, so kommt mer's vor; see giebt
Mer's gnue ze merke-n-als.

Reinhold.

In dem Fall thun Sie besser

Sie geben sie ganz auf.

Gläsler.

'S isch, wee wän är ä Mässer

Mer bief in b'Gorjel bohrt unb bräjt's drinn 'rum.

Reinhold.

Unb boch

Scheint mir's der klügste Rath für Sie. Es giebt ja noch
Der Mädchen hier im Land so viel, fein, einfach, freunblich
Unb schön unb gut babei. Das Schicksal wirb nicht feinblich
Für Sie bei allen sein. Wohlan zu neuer Wahl
Entschließen Sie sich brum.

Gläsler.

Ach! Was isch biß ä Qual!

J gloib, 's worb besser sy', baß i mi bue versäufe,

Se het der Spaß ä-n-Aend. Was hilft biß lang 'Rumstraise,
Wän merr unglükkligg isch).

Reinhold.

Freund, sei'n Sie doch kein Kind.

Gläsler.

I mueß jez uns in d'Luft, in d'frei. Abjes. (Geht fort.)

Neunter Auftritt.

Reinhold (allein).

Was sind
Der Hindernisse doch so viel, die unsern Plänen
Entgegen stehn! Das Ziel, wenn wir's erreicht schon wähnen,
Entflieht vor unserm Blick in weite Fernen hin,
Und wenigen wird nur des Wettlaufs Preis verlieh'n.
Wie sonderbar! Dem Drang von reiner, wahrer Liebe
Entgegnen Mädchen meist mit feindlich sprödem Triebe;
Und selten wird, fürwahr, der Liebende geliebt
Mit gleicher Innigkeit. — So löst sich und zerstiebt
In leeren Dunst und Staub der Glücksgier Felsenstürmen,
Der aufs Unmögliche Unmögliches zu thürmen
Lang ein Geringes scheint, bis endlich die Vernunft
Den dürren Schulstock schwingt und zur Philisterzunft
Den schöpferischen Sinn der Phantasie, der müden,
Hintreibt, um lebenslang Windeier auszubrüten.
Der gute Junge da ist wirklich liebeskrank.
Wie? — Wenn Christine — Schön! Das wär' der beste
Dank,
Den ich ihr zollen kann. — Ihr grenzenlos Vertrauen
Macht mir's zur Pflicht für sie auch etwas aufzubauen.
Ihr Brief ist sehr naiv, unüberlegt, doch fein.
Sie fühlt sich so verwaist und wünscht vermählt zu sein,
Aus Achtung schenkt sie mir ihr Herz und ihre Liebe
Und wünscht, daß ich ihr gleich ein Ja zur Antwort schriebe.
Sie glaubt, ich könne sie beglücken wie sie mich.
Unkluges Mädchen! — Doch wie wird dies alles sich
Gestalten? Wolfgang soll, wie er sich mag geberden,

Mit Lieschen, wie es scheint, zur Eh' gezwungen werden.
Nicht minder wie die Braut wird er fest widerstehn,
Der Eltern Eigensinn wird er und sie entgehn.
Dies ist gewiß. Allein wird's ihm und ihr gelingen,
Der Treue enges Band nach Herzenswunsch zu schlingen?
Wird Klärchen Wolfgangs Braut, ich Lieschens Bräutigam
Je werden? ... Darauf kömmt's nun an, den Felsendamm
Von elterlichem Stolz und Ehrgeiz zu durchbrechen.
Gelingt es nicht, so setzt der Sohn des Vaters Schwächen
Sich nicht mehr länger aus und zieht nach Haus zu mir.
Die Hausfrau zeigt sich nicht. — Vielleicht wenn ich zu ihr
Hinaufgeh, kann ich gleich des Zweifels Knoten lösen
Und durch ein einzig Wort den Freund von allem bösen
Verdacht befrei'n. So sei's. (Geht ab.)

———

Dritter Aufzug.

———

Nehlbrühs Wohnung

Erster Auftritt.

Fr. Rosine. Fr. Dorthee.

Fr. Rosine.

Na! Endli doch, Frau Bas.
Mer henn schunn Aengst: ghet, daß Si nit kummt. I saa's,
'S hät mer viel Müej gemacht.

Fr. Dorthee.

Frau Bas, wie kan Si maine,
Daß i an so 'me Daa usblybdi. Uf de Klaine
Haw i so lang gewart.

Fr. Rosine.

Wo isch er? Kummt er nit,
Der lieb Danjelele?

Fr. Dorthee.

Er kummt. Wenn's so ebs gilt,

Isch der glych by der Hel, der kurwlicht Hoffelobbel.
Er isch hyt Nohmedaa nus uf sy'm klaine Hobbel
Geribbe mit em Knecht vor's Wyßeburnboor.

Fr. Rosine.

'S isch

E gar e lustjer Bue un au so gsund un frisch
Un gscheib derby. Diß git emol e Spizzekrämer.
Lehrt er au brav?

Fr. Dorthee.

So so. Wenn er meh wüßt', se käm er,
So hemmer's als vorghet, biß Spootjohr noch in b'Klaß,
For baß ebs äs em wurd.

Fr. Rosine.

Si het erecht, Frau Bas;

Dort lehrt merr b'Juejed guet.

Fr. Dorthee.

Wärd er nurr nit uf's Spiele

Bue arj vernarrt.

Fr. Rosine.
Was schabt's?

Fr. Dorthee.

Mer meechbe-ne früej ziele

For zuem Stubbiere; 's Kind het gar e guete Kopf.
Do het er awwer noch an Gstunse, am e Dopf,
An Harwergaise gar, an Gaißle-n-un Salbade
Meh Fraib aß am e Buech. I kauf mi Farwelade
Schier arm for bene Bue. Do zaicht er, mohlt un schmiert,
Ohn baß er nurr im Daa 's labbynisch Buech anrüert.

Fr. Rosine.
Los Sie demm Kind syn Fraib. Er wurd schunn flyßi were.

Fr. Dorthee.
'S isch boch anfanges Zyt. Er isch acht Johr alt. Bschwere
Kan i mi sunst just nit, er geht ess grab uf's Wort
Un folgbibi nommeh, wenn er nit do un bort
Von Kammeräble halb Unarbe bät aalehre.

Fr. Rosine.
Kumme denn vil in's Huus?

Fr. Dorthee.

                Aimol. J kan's nit wehre.
Do henn fi als im Hof ier Trywes un ier Gjpiels:
Kinnee's, der Lunzi kummt un Jäjers, wo 's Gebrüls
Ken End nimmt, Blebbers noch, Verstekkels, Fangebiffels
Un Gaisuffezzers au, Kopstrebbers un Blindmhsels
Un Keffelhubfers; Spiel müen die hann hundertswhs.

              Fr. Rofiue.

Merr ijch nurr ainmol Kind, 's wärd nit erecht, wenn Si's
Verbiede bät, Frau Bas. Diß hießt fich jo vergryffe
An dene Würmele!

              Fr. Dorthee.

                    Z'erjcht henn fi b'Wybepfyffe
Jm Früijohr, un dernoh geht's uf b'Maykäfer frijch
Un's Nejterfu:che los. Dnoh fange fi als Fijch-
Mit Bernfe:n-Aeugele-n-un krautjche. Druf im Summer
Do wurd gebadt, zeü macht be Müebre Sorj un Kummer.
Dnoh hole fi im Feld fich Zinwelbloje haim
Un bengle underwäjs als b'Quetjchle von be Bäum.
Jm Spootjohr geht's bernoh vor's Door an's Drachejtelle,
Do lon mer fi halt nu: fo vilmol, aß fi welle;
Do jpurre fi wie wild uf bene Mabbe 'rum
Un wikkle-n-an be Schnüer fich b'Händ jchier lam un krumm.
Dnoh geht's an b'Maije=n=erjt; bo ijch von nix aß Brandle
Un Bleaujele nurr b'Reb; bo kremble fi un hanble
Mit Nuffe, Veaujellym, Lokpfyjle, Schläje, Drooth,
Mehlwürm, Lokkejjele, Lymruebe=n=un Hanffoot.
Diß ijch e Lewesbaa! Dnob jchnybe fi fich Reerle
For Armbrüjt, Holder au for Sprilzze=n=un Gewehrle
Un jueche Bromere, Haauäbfele un Schlee.
Dernoh wenn's Winder ijch, bo geht's bym erjte Schnee
An's Schlibbefahre glych, un jo wie b'Lache gfriere,
Do ritjche fi, baß fie be=n=Odem als verliere,
Un jchlyffe mit Yhjcheh 'rum uf be Mabbe brus.
Am Fajtnacht hülche fi Kürbje=n=un Ruewe=n=us
Un jtelle Liechtle bryn, for b'Lyt z'Nachts ze verjchrekke,
Dnoh kräje fi wie Hähn, for b'andre Hähn ze wekke,
Un hindre b'Noochbre jo manchmol b'ganz Nacht am Schlof.

Fr. Rosine.

So ebs verdienbidi, myntwäje, doch e Stref.

Fr. Dorthee.

Der Vadder lacht derzue un duet so Straich guet haiße.
Es kumme d'Gstänse dnoh im Hornung; d'Harrwergaise
Im Merz; bo henke si au d'Spatzehäfe nus,
Do dran erkennt merr als von ryttem unser Huus.
Dnoh kaufe si sich Teft' un mache Wäl un Schanze
Un buen Kancenle nyn un schieße. 'S isch im ganze
Johr nix aß Gspiels.

Fr. Rosine.

Do sinn au d'Kinder gsund.

Fr. Dorthee.

Po, jo,
Do sinn si ufgewekt, nit munterig eso
Un kaivslicht, lendelam, usgierbt, schnaikecht un malzi,
Wie by's Fufzehners dert. Die kränkle glych, so ball si
Nurr schmekke-n-in d'frei Luft, sehn us wie d'byer Zyt,
Henn Makke-n-irrweral un gehn gewiß nit ryt.
(An's Fenster gehend.)
Ey lucau! Wer geht denn dert?

Fr. Rosine.

'S isch, werzina, jo 's Bäsel!

Fr. Dorthee.

Jo wayer, 's isch es selbst. 'S Windseechdel un 's spiz Näsel
Erzaye 's Berwel glych uf e Halbstund ryt nus.
Wott graffedeetisch 's geht! J glaub 's kummt her in's Huus.

Fr. Rosine.

Do hemmer e Fuerwerk. Diß het e rechde Schnarrwel;
Syn Zung isch schmal, scharf, spiz aß wie e Rydderjawel.

Fr. Dorthee.

Jo! 'S isch e rechdi Retsch un falsch wie Galjeholz,
Stuff wie e Bürstebubb un spreed. Wenn diß noch sol's
Syn rychi Großel erbt, bo kennt sich's nimm' for Grabbel,
Do gitt sich's erst e Käs un macht e wüebis Gsprabbel.
J main, i gsich's schunn jez.

Fr. Rosine.
　　　　Wer isch syn Grosel doch?

Fr. Dorthee.
D'alt Waffelberjere.

Fr. Rosine.
　　　　Was trybt denn die als noch?

Fr. Dorthee.
Lebküechlere-n-isch si; sunst het si als gegimbelt.
Si het's groß Gimbelrecht lang ghet, un do verhimbelt.
Sich kenni, wenn si's recht angryfft un sich nit stoßt
Mit andre Gimbellyt. — J bin noch recht erboßt,
Daß mer e Gimbler zletst e brächtje, neue Bräder
Weggstayert het eso — der Gluri, der Verräder!

Fr. Rosine.
Was het er genn derfor?

Fr Dorthee.
　　　　　　E Beenel un e Kloz!
Zwai Gulde.

Fr. Rosine.
　　Ey se schlaa! Diß isch jo gschenkt.

Fr. Dorthee.
　　　　　　　　　　　　J sott's
Schunn lang vergeße hann, Frau Vas. 'S stekt mer im Kraaue
Wie Hamßle gschnidde Stroh. J mueß es gstehn un saaue.
Der Bräder isch halt gfin ganz junkel naauel neu.
Vom Schlosser kriej i ne so wolfel nit, goggschwey
So scheen un so kummod, un mueß doch aine bstelle;
Myn Mann will's han, Frau Vas.

Fr. Rosine.
　　　　　　　E Bräder ier? Poz Hölle!
Diß isch vornehm gedon. Mier brode nix am Spiß,
Der Bekkenoffe-n-isch uns guet genue for diß.
Jer kumme-n-in's Gered's.

Fr. Dorthee.
　　　　　　'S isch wohr. Gäbb's nurr nit Bekke,
Wo aim de Schmuz manchmol aajchübbe!

Fr. Rosine.

Po! Jer steht

Wil als nit bobh uf. Un wurrum bebbe-n-ier
Nit d'Blabbe ringserum ghäb zue mit Käsbabbhr?
Do haißt's: Bel, bly' dervon.

Fr. Dorthee.

Do were-n-atwwer b'Qualle

Gar ketsch vom ewwre Launt un wässeri, un falle
Nit recht in's Gsicht am Disch.

Fr Rosine.

E Bräder kost brav Spek

Un Fett un zue vil Holz.

Fr. Dorthee.

J ließt ne glych ewegg,

Wenn nurr nit gribbi so myn Mann wärd druf verjeße.
Der will halt gern vilmol ebs guets Gebrodes eße:
E Nierebrädel ball, Feldhüenle-n-e Fasan,
Ball e Drekbatscherle-n-c Schnepfel, e Welschhan,
E Lummel, Güllerle, Kiefizle, Haselhüenle,
Ball e Rehschleejel, ball Duchentle-n-un Kappüenle,
Büegle-n-un Quällele, un fra e gspikter Haas,
Hirschzimmer un Wildschwyn un Birkhän. 'S isch, Frau Bas,
J saa's, 's isch zibber ninim' mit demm Mann uszekumme,
Daß mer so g'erbt henn z'letst. Was gitt er Geld jez numme
De-n-Arme? Freili soll merr au barmherzi sinn
Un gern Almueße genn, 's steht in der Biwwel drinn.
Ze vil isch awwer doch ze vil in dene Zybbe.
Myn Lissel duet er au in's Schenke so nyn rybbe.
Wenn diß e-n-Arme gsicht, glych gitt's e Biesel her,
Was saa i? Vilmol hylt's grad, wie wenn's selbst arm wär,
Buzt Hember, Schueau un Strümf ewegg, un Essespyse,
Un schleppt's be-n-arme Lyt in's Huus. Do batt's Verwyse
Un 's Dewwre nix, Frau Bas. Z'lescht an sym Nammesbaa
Krlejt's e Deblon verehrt vom Pfedder. Werzina,
Diß wechselt si, lauft nus zuem Fuchs be-n-Ente brebbi,
Un zahlt zwai Huuszinß mit for Fischerslyt. Als redd i

For Zorn mi haiseri, un ʼaaʼs myʼm Mann im Frohn;
Der lacht un gitt em glych e⸗n⸗anberi Deblon.

Fr. Rosine.

Diß isch jo, main i, guet, wenn bʼKinder nit sinn ghyzzi.

Fr. Dorthee.

Jo. Awwer ʼs Gelb eso verblemble! Dorum blizz i
So uf, verwefer mi un händel so un strytt.

Zweiter Auftritt.

Die Vorigen. Berwel.

Berwel.

Jer Dienere, Frau Bas. Wie stehtʼs um bʼGsundhait hyt?
Un Sie, Frau Bas? Merr brucht Si nit emol ze freauje,
ʼS Ansehn bringtʼs mit sich jo.

Fr. Rosine.

Demm isch nit so ze traoue.

Wenn i nurr ʼs Ohreweh los wärb emol.

Berwel.

Herr Jeh!

Was Si nit saat. So duet ʼre ʼs Ohr alsfurt noʼ weh?
Frau Bas, ʼs isch mer e Kryz un ʼs duet mi recht verdrieße,
J gstehʼs un saaʼs. Heert denn zell Ohr nit uf ze fließe?

Fr. Rosine.

Manchmol eso.

Berwel.

Ha na! ʼS isch mer e Herzelaib.

Un Si verschweye mer, Frau Base, bʼNeuikait
Us ierem Huus?

Fr. Rosine.
Was denn?

Berwel.

Diß git e stattli⸗s Pärel,

Jer Sohn un bʼJumfer Liß. Merr saat jo, bʼJumfer Klärel
Jsch driwwer usser sich. J haa si gsehn. E Kaz
Wennʼs bundert macht nit so e nydiʼs Gsicht. Was battʼs?
Merr kriejtʼs nit wie merrʼs meecht.

Fr. Rosine.

Was sinn denn biß for Rebbe!

Berwel.

Als bringt sich's nonnit um, biß Klärel. J wott webbe,
'S zeiht dene Monet noch e-n-andre Herr in's Nez
Mit sy'm Kalfakters Gsicht, sy'm Dukkelmusers Gschwäz
Un sy'm mannierli Duen. Do spielt's als uf der Zitter,
Singt imwerlut derzue, bräjt b'Aue hien un wibber
Wie wenn's de Spazze nooch wott gukke.

Fr. Dorthee.

J versteh
Ken Wort, was 'e Bäsel saat vom Klärel. Ey se geh,
Was diß e Bikke-n-isch. Vexiert Si ebbe?

Fr Rosine.

Werzi,
Verdiene duet's es nit. 'S isch erwer, guet un herzi,
'S henn's ali Lyt recht gern.

Berwel.

Was? Geh Si mer ewegg.
Frau Si nurr d'Noochberslyt, de Wurstler, de Schwarzbeck,
'S Strehlmachers. 's Kachlers gar, un's Stabttrumpeeders
Schwestre,
Ob's nit so vornehm duet aß wie wenn's Gold in Sestre
Dhaim hät, un, werzina, 's sizt by ne nit so dik.
Dnoh duet's au so gelehrt, lezt Büecher an aim Stük;
So weltli Dings, so Vers, so Gschichde, gar von zelle
Wo merr Rommaner haißt, un wo d'Herr Pfarrer welle,
Daß merr nit lese soll, wyl daß der Beesgo'bhüets
Eyn Spiel drinn het.

Fr. Rosine.

A Gspäß.

Fr. Dorthee.

J waiß nit. J verbiet's

Im Lissel au.

Fr. Rosine.

Wer henn jez ufgeklärbi Zybbe.

Fr. Dorthee.

Jo scheen! Jez glauwe d'Lyt an gar nix meh un bstrybbe
Was in der Biuwwel steht.

Fr. Rosine.

Zell soll merr nit.   Denn diß
Isch gfrevelt alemol un bringt ken Glük.

Verwel.

Gewiß.

Fr. Rosine.

Merr gsicht's au glych, ob d'Lyt Reljon in Ehre halde.
Do finn sie ordetli im Schalde-n-un im Walte
Un lewe schlecht un recht un bschummle d'andre nit,
Un sterwe si, so geht der Säje au noch mit
Uf d'Kinder furt.

Fr. Dorthee.

I haa de Wolfgang brebje heere
Z'letst grad uf dene Text.

Verwel.

Do wurd ier Huus in Ehre
Gschwind kumme-n-erst, Frau Bas, mit so 'me Dochtermann,
Wo d'ganz Stadt estemiert, un wo so brebje kan,
Gelehrt isch gryserll un redt in fremde Sproche,
Daß unser ains nit waiß isch's ghaue-n-odder gstoche,
Un nix dervon verroth.   So isch's der werth e Sohn
Ze hann!

Fr. Rosine.

A, Si vexiert.

Verwel.

'S isch b'Reb als gsin dervon,
Frau Bas, daß Si ier Liß dem Bremer däbe gewe.
Jez macht's mer Fraid, daß der isch gseße blumbs dernewe.
'S isch e Wistviljes so, e zwazzlicht frecher Burst,
Wo voller Grabbel isch aß wie e Lewwerwurst
Voll Spek; e Syffer au . . .

Fr. Dorthee.

Was saat Si bo?   Mer kenne
De Reinhold schunn gar lang, myn Mann un ich. Mer henn ne

Recht gern, un's Lißel au. Villycht hät ers au kriejt,
Wärd nit|ber Wolfgang noot mit eß verwandt.

Fr. Rosine.

Verbrüeit
Het Si sich recht ier Zung — waiß Si's! Si sott sich schamme,
Daß Si buntiwwereggs b'Lyt glych so duet verbamme.
Si isch e rechbi Schlang. Der jung Herr isch e Frynd
Von unserm Huus.

Berwel.

Mier an. D'Frynbschaft macht vilmol blind.
J waiß doch ainewäy von imm so viel ze babble,
Daß mer 's Muul orbetli dervon duet iwwerschwabble:
Wie er als haim kummt z'Nachts, bierschilli, jeellt un jugt,
Un manchmol, mit Respekt, an's Fenster steht un wuegt.

Fr. Rosiue.

Diß glauw' i nit.

Berwel.

Er het erst gest noch ghet e Hahne,
Wo er gelibst mueß hann mainaibi. So e Fahne
Haw i an kai'm noch gsehn; in's Herr Bluetschrywers Sohn
Jsch mit geburkelt au, sternvoll wie e Kanon.
Zell isch e Fuerwerk gsin biß die henn b'Huusbüer gfunbe!
Myntwähe, wenn ne b'Maaub am End nit hät gezunbe,
Si wärbe-n-in der Lach gebliwwe-n-iwwer Nacht
Un wärbe villycht gar uf b'Wüelung mit der Wacht
Gfüert worre.

Fr. Rosiue.

'S kan nit sin. Myn Sohn isch au gest Owes
By bene Herre gsin, un der het mer viel Lowes
Dervon gemacht, wie si so gscheib sinn lusti gsin.

Berwel.

Jo, bobbelusti gar, wyl sie an aim Stük hien
Sinn uf be Bobbe keit.

Fr. Rosine.

Der Wolfgang het vernünfbt
No' lang mit eß gerebt.

Berwel.

Drum wurd er nonnit zünfdi
By be Wynftichre fin, uf ber Hoorbybbelftub,
Im Dambesritterhuus, im Gurjelfprenzersklubb.
Demm Reinhold het gewiß b'Sayamm emol's Truelbüechel
Naa gftopft in fyne Hals; bo ifch's halt wie   Küechel
Ufgange-n-un will jez angfycht fin ale Ritt.
Der Schliffel ifch au noch e Spieler.

Fr. Dorthee.

Was Si nit,
Ungabbi, Schlöbberle be Lyt waiß an ze henke.

Berwel.

'S ifch jo nurr halwer Gfpaß. Merr buet nit ales benke
Was merr fo faat.

Fr. Rofne.

Ha na.

Berwel.

Zell ifch funft nit g'bexiert,
Daß in be Reinholo b'Liß ganz ifch verfchammeriert
Un wie Karfunkelftein im Offeloch buet glänze,
Wenn fi ne numme gficht.

Fr. Dorthee.

Mit fo for Schnellebänze
Bindt Si ess als nonnit e Bäre-n-an.

Berwel.

Aß ob's,
Mier an, b'Stabt nit 'chunn wüßt!

Fr. Dorthee.

E Laoue-n-ifch's.

Berwel.

Jo hops!
For Si wää - e Gottswill, Frau Vas, wenn ber fremb Tremmel
Wegg blybb' us ierem Huus. Diß haißt imm Wolf jo b'Hämmel
Grad vor be Rachche gfchleppt.

6

Fr. Rosine.

Was het Si for e Gift
Uf dene Mensche so? Merr maint Si isch ufgstift.

Berwel.

'S brucht ken Ufstifdes do. Er het mer e-n-Affrunde
Gemacht, der Schandsfek der. I gheer doch zue de Linde,
Un, denke nurr, der Hund saat i haa robi Hoor.
I bin ganz usser mer, wenn i dran denk. 'S isch wohr,
So ebs isch zue verfluemt.

Fr. Rosine.

Wott e Gebobs un Wüedes
For nix!

Fr. Dorthee.

Het er's 're denn in's Gsicht gsait?

Berwel.

A behüet es;
Rell miecht mer nit so vil. Er het's in's Krembe Maaub,
Im Urschel, uf der Gaß, jo gsait, wo er's het gfreaut,
Wie ich als haiß.

Fr. Dorthee.

Abba.

Berwel.

Jo, dort am Brunne britwwe!
Un wie's syn Freau nit merkt, ze het er mi so bschriwwe:
Die wo roth Puder traat. 'S isch gschriwwe hinder's Ohr.
Der Knollfink soll mer doch syn Debbedat derfor
Noch krieje.

Fr. Rosine.

Jich Si gscheid?

Berwel.

Daß ich ne wurr verwitsche;
D'Mäüüb henn's enander gsait; jez lauft's 'rum uf de Britsche
Un uf em Gartnersmärk; do wurr i usgepfekt.
Der Bossel vom Fischtal, der Nazi, het mer's gstekt,
Un noch zwai Bebbelvögt.

Fr. Dorthee.

Fusthämmer saat merr.

Berwel.

Klobse

Loß ich ne. Warde nurr. Die were ne schunn robse
Un zowwle, wie sich's gheert, un wamste safdi.

Fr. Rosine.

Wer?

Berwel.

Genue. Der Wobeschmidt myn's Unkels Gejeschwär,
Der Lohläätreppler drus myn Vedder, un im Sinner
Syn Bue myn Pfedderle, myn Vogt der Duwakspinner,
Duoh der Krutthowwler noch am Kazzestäj, wo d'Bas
Vom Bränd e=n=End hyrodt, un us der Blindegaß
Der Schuekuecht, wo mit mier sunst als in b'Schuel isch gange,
Un wo jez Maister wurd. Die were ne ains mange
Un walle, werzina.

Fr. Dorthee.

Ja henn si ne denn schunn?

Berwel.

For zell isch mie nit bang. Er kriejt was ich em gunn,
Un mit der Zuegoob noch.

Fr. Dorthee.

Ewwe zemär!

Berwel.

'S isch myntwäje
Pur Gspaß gsin. J will zuem Christinel 'nuf. Verdrähje
Jez nurr nit, was i do haa gsait, ier Fraue. (Geht ab.)

Dritter Auftritt.

Fr. Dorthee. Fr. Rosine.

Fr. Dorthee.

Geh

In b'Höll, bu Lästermuul.

Fr. Rosine.

J schamm mi bäjli meh,
Caß 's unser Bäsel isch.

Fr. Dorthee.

                    Was haa i nit gebängelt
Am Bebberſeeli als, baß er nimm' hyrobt.

Fr. Roſine.

                                        Gſengelt
Het der ſich zellemols.

Fr. Dorthee.

                              Jo. Daß e gſcheiber Mann
Juſt, wie e Bobbel, blumbs in's Mues nyn dappe fan,
Sich ſo vergaukle loßt un gar e Gaſſemaidel
Zuer Frau nimmt, blubb un blos, wo nit emol e Klaibel
Nurr anzebuen het ghet!

Fr. Roſine.

                        Scheen iſch's gſin, zell iſch wohr,
Friſch wie e Ros. Es het im Klärel ganz uf's Hoor
Geglyche.

Fr. Dorthee.

              Er het's au recht gern ghet. 'S iſch bnoh gſtorwe
Glych in ſy'm Kindbett mit demm Berwele. Verdorwe
Iſch er bruf in ſy'm Gſchäft un iſch au aageraißt
In d'anber Welt 's Johr bruf. Do iſch biß Kind verwaißt
Gar früej gſin un iſch ſo zue ſyner Großel kumme,
Der Gimblere, bie het's an Kindsſtatt angenumme
Un ufgezaoue halt, wie ſi's verſtanbe het.
Drum iſch's e Früchdel ſo.

Fr. Roſine.

                              'S het bo von ebs gerebt,
Frau Bas, wo i boch meecht, Si bät mer's offeherzi
Jez bychde.

Fr. Dorthee.

    Was, Frau Bas?

Fr. Roſine.

                        Es brappt mer lang ſchunn, werzi,
Im Kopf erum. Iſch's wohr, baß 's Liſſel myne Sohn
Niggern het?

Fr. Dorthee.

    A was Dings!

Fr. Roßne.

St mueß mi rebbe lon.
'S henn mier's au anber Lyt schunn gsalt, baß 's mit bem
Dytsche
Starf rebt. 'S loßt manchmol als so Rebbesarbe wiltsche,
Wo merr's guet merke kan.

Fr. Dorthee.

I haa nonnt so gheert
Un waiß, 's het iere Sohn von Herze lieb un werth.
Im Maibel isch ken Falsch. Der anber kan em gsalle,
Whl baß er artli isch. Doch isch's eso mit alle,
Wo kumme haim in's Huus un froh un gspässi sinn,
Do lacht's un kibbert mit. Soll's ebbe wie e Spinn
Fyndseeli sin, un b'Lyt aß wie e Buzzemummel
Zuem Willkumm schnurre-n-an mit Gschnau un mit Gebrummel?
Soll's e Murrwabbel sin, bem gar nix an will stehn,
Un e Nybhammel so? Bebank mit bo' gar scheen
For so e Deechterle.

Fr. Roßne.

So mueß Si's nit uslahe,
Was i bo saa. 'S isch nurr baß, wenn sich's bät erzahe,
Daß es be-n-andre meecht, so müeßt merr in ber Zyt
Derzue buen. D'Hyroth isch, myntwäse, boch e Schritt,
Wo merr sich gar ze gschwind verkallebiert un grimmi
Syn Glück verhobse kann, un Zeeder schrelt, wenn's nimmi
Ebs hilft un batt.

Fr. Dorthee.

Frau Bas, wie kummt St mer nurr vor?
Mier bubbelt nix eso. By bene het's ken Gsohr,
Daß si nit aini sinn. Er het's gern un es inne,
Mier styre si guet us, baß si recht artli kinne
Bstehn, un bo sinn si so gemäst un sinn getränkt.
Was brucht sich meh?

Fr. Roßne.

Myn Sohn het sich au nie bebenkt,
Un ber waiß alewyl, well Zyt 's isch. Na, mer welle
'S Best hoffe by ber Sach.

Fr. Dorthee.
So denk i au.

Fr. Rosine.
                     Poz Hölle!
Was blizbibi myn Mann, wenn d'Hyroth hinderschi
Sott gehn. Er brächt d'Liß um.

Fr. Dorthee.
           Der Starkhans bobbibi,
Myn sechs, au kettelos, un ich dät's bluebi kramme,
Diß Rawemaidel. Nain! So derf uf unsre Namme
Ken Schand nie kumme nit!

Fr. Rosine.
          Waiß 's Lissel, daß mer morn
D'Stund halbe?

Fr. Dorthee.
Nain.

Fr. Rosine.
         Do sott Si's hinnicht doch uf's Korn
Z'erst nemme.

Fr. Dorthee.
Sie het recht.

Fr. Rosine.
        Der Sohn waiß au ken Breesel
Dervon

Fr. Dorthee.
    Dem brucht merr doch sunst au nit mit em Steesel.
Un mit em Schleejel druf ze byte.

Fr. Rosine.
         Mer heun's ghaim
Just ghalbe wie ier au. Doch welle mer's em bhaim
Hyt Owes saaue noch.

Fr. Dorthee.
       Jez buen mer nit berglyche.
Gelt Si, Frau Bas?

Fr. Rosine.
     Na jo. Wo buet's noch 'rummer stryche,
Jer Lissel, daß 's nit kummt?

Fr. Dorthee.

'S isch in der Jumfregaß
By myner Gschwey: bie het e bootkranks Kind, Frau Bas.
Diß b'elendts un betrüebt'ß. Drum isch's au bhaim gebliwwe
Un isch nit mit eßß nuß.

Fr. Rosine.

'S isch, werzina, ball sitwwe.
Kumm Si, mer welle sehn, ob's Esse ferdi isch,
Un ob d'Määüd wie sich's gheert gedekt au henn de Disch.
(Gehn ab.)

Vierter Auftritt.

Fr. Mehlbrüej. Reinhold.

Hr. Mehlbrüej.

Diß isch jo wayer brav, daß mier jezt von der ganze
Gsellschaft grab b'erste sinn. Mer welle si kurranze,
Die Trendler, d'Maible fra, diß Klärel, d'Jumfer Liß,
'S Christinel. Kumme nurr! Jer krieje-n-ain's uf b'Riß,
Daß ier eßß warde lon.

Reinhold.

Die Klärchen wird nicht komnen,
Sie ist nicht wohl unb hat noch spät Arznei genommen.

Hr. Mehlbrüej.

Was het diß Käzzel denn, diß Wußele?

Reinhold.

Kopffschmerz.
Es ist nicht viel.

Hr. Mehlbrüej.

Was? Het denn e Kranket 'ß Herz,
Zell baumstark Klärel do ze dukke-n-un ze pakke?
Diß isch e Haumel so wo Sie druf sobbe spakke
For b'Hyroth, wyl Si doch Krankedokter sinn.

Reinhold.

Warum?

Hr. Mehlbrüej.

Wyl 'ß Dokters Frau z'erst selwer alcs yu

Soll nemme, was der Mann be Kranke buet verschrywe
For daß er sehn kann, ob's au babbe wurd un trywe.
Do mueß d'Frau kräfdi sin un stark, wie zell isch.

Reinhold.

Schön!

Da würd' es aber schlecht den Doktorsfrauen gehn,
Und jeden Monat könnt' ein Arzt sich frisch beweiben.

Hr. Mehlbrüej.

Zell gfiel vil Männre-n-erst.

Reinhold.

Wir müßten lebig bleiben,

Wenn diesem also wär.

Hr. Mehlbrüej.

Wo henn Si myne Sohn

Geloße?

Reinhold.

Wolfgang ist vor einer Stunde schon

Zu Lieschens Tante hin mit mir von Haus gegangen;
Dort ließ ich ihn.

Hr. Mehlbrüej.

Ifch's Kind denn noch so krank?

Reinhold.

Wir fangen

Seit heut zu hoffen an.

Hr. Mehlbrüej.

Ehja! Krämf un Mundfyl sinn

Gar beesi Breste halt. 'S isch ier Schuld; denn i bin
Glych hien zuem Kind, daß i's mit Simbabbie bue haile.
Do w illerst d'Mueder nit.

Reinhold.

Wie, heilt man so Mundfäule?

Hr. Mehlbrüej.

Do geht merr hien un schnybt unb'schraue morjes früej
Drey Wybegertle-n-aa.

Reinhold.

Un kocht sie?

Hr. Mehlbrüej.

Nix. Ken Brüej
Brucht's sich derzue. Wer zeiht, in de drey höchste Namme,
Si zwergs imm Kind durch's Muul, bindt si dernoh fest zsamme
Mit schwarzer Syd, verbelbt si an e raine Plaz,
Un domit guet.

Reinhold.

Hilst dieß?

Hr. Mehlbrüej.

Gewiß. — Sie lache, Schaz,
Wyl Si nit glauwe dran. Mier sinn doch au nit simbel!

Reinhold.

Und Krämpfe?

Hr. Mehlbrüej.

Po! For die nimmt merr e Scharlachlimbel
Un layt's hien uf e Plaz. — Was welle Si? Myn Frau
Het z'letst mit Simbabbie e Kind un d'Mueder au
Vom Doot errelt.

Reinhold.

Wie das?

Hr. Mehlbrüej.

'S Kind het nit kinne zahne
Un het stark Gichder ghet. Do geht myn Rosi·̓ anne,
Nimmt drei lawendji Mys un loßt ne von ue Määüb
Aaschnybe d'Köpf un henkt, in roth Duech yngenäjt,
Imm Kind die um de Hals. Glych kriejt diß Zähnle.
D'Gichder
Sinn weggsin, wie si z'Nachts, by usgelöschde Liechder,
E Flor henkt inmer's Bett, un dreymol bloßt uf's Kind
Unangerüert, denn sunst wärb's worre lam un blind.

Reinhold.

Die Mutter, wie ging's der?

Hr. Mehlbrüej.

Die het ghet so Englaibe,
Daß si gekirchelt het, wie wenn si wott verschaide.
Do nimmt myn Frau e Kaz, e schwarzi, dere zieht

Ei fiwwe Spüterhoor us, drey rechts, vier links, un lait
Die fo wie d'Sunn ufgeht kryzwys uf Kirchejchywe,
'S müe'n Wirwelfchywe fin, un duet d'Hoor dr:f verrywe
Ze Bulver, nimmt dernoh e ghülchbe Knewwlizeh,
Duet's dryn un henkt's der Frau an iere Hals. Jer Weh
Zich die am dritte Daa fchuun los gfin.

Reinhold.

Das find Mittel!

Hr. Mehlbrüej.

Chj', lache Si nurr furt fo fpöddifch. Jer Kopfgfchübbel
Bekehrt mi nit. 'S koft nix, daß merr zue ebs faad: Nain.
E Wort ifch glych gerebt. D'Hund naau=n=an keu Bain,
Wo gar nix dran ifch meh. Will merr am Fy'r fich wärme,
Se fcheu merr nit de Rauch. Mit Prejle=n=un mit Lärme
Fangt merr als b'Vcejel nit. Z'Nachts finn b'Küej ali fchwarz,
D'Nacht ifch au niemes Frynd. Merr kocht us Bech un Harz
Keu Schlekkel nit. By'm Gold ifch's nibblos mit em Weeje
Gebon. merr mueß au noch b'Stück 'rum un 'num als brähje,
'S falfch Geld het gar vilmol 's Gewicht, un b'beefe Lyt
Duen krumm un füeßlecht maift, fra in der hytje Zyt.

Reinhold.

Das ift wohl ales wahr.

Hr. Mehlbrüej.

Drum will i ne nurr faaue,
'Daß merr nit ales glych fo in be Wind foll fchlaaue.
'S geht vil vor, wo der Menfch fyn Lebdaa nit begryfft,
Un wo er donnit kan weggläugle. Drum faat d'Schrift :
Prüft alles und bewahrt das Befte.

Reinhold.

Schön!

Hr. Mehlbrüej.

Bewyfe

Sie mier denn jez emol wurrum, myuthalwe, 's Yfe
Am e Magnedeftain glych henke bly't; wurrum
D'Grindwurzle haile d'Gräz; wurrum e Stekke krumm
In Waffer usgfycht? Hä! wurrum vil Lyt keu Spinne,
Keu Frofche=n=anderi, uit fehn un fpücre kinne;

Wurrum e Zhfelſtain ſo guet aß wie Ainhorn
For's Fiewer iſch; wurrum der Brand als kummt in's Korn;
Wurrum e Dunderax gern ſallt bym e Gewitter?
Wie iſch jez? Hä! Mier an, ze lache Si als widder!
I heer jo 's Lache gern.

　　　　　Reinhold.

　　　　　Probigia ſind dieß,
Die, in Myſterien gehüllt, dennoch gewiß
Nicht unerklärbar ſind.

　　　　　Hr. Mehlbrüej.

　　　　　Brobbrichja buet mer gfalle
Brod bringt biß Dings als hn. Doch ſott merr awwer ale
Die Boksſprüng nit eſo erlauwe. Mier an, 's het
Quakſalwer ſo, wenn ſie nurr ſchmekke-n-an e Bett,
Ze-n-iſch der Krank kaput; die ſobbe z'erſt ſtuddiere,
Un geht's nit, ſobbe ſi uf's Grawe-n-un's Miſtſüere
Sich liewer laye-n-als.

　　　　　Reinhold.

　　　　　Myſterien ſagt' ich.

　　　　　Hr. Mehlbrüej.
Was? Miſt in Ehre?

　　　　　Reinhold.

　　　　　Nu! Geheimniſſe.

　　　　　Hr. Mehlbrüej.

　　　　　　　　　Na, gſych!
Wi i Si lez verſteh. Ghaimnußc ſinn als Nüßle,
Wo nit lycht bengle ſinn. 'S gitt Schlößer, wo mit Schlüßle,
Myntwäje, nit ufgehn; zu e hoch iſch halt ze hoch;
Je meh aß ainer waiß, deſt' meh het der als noch
Ze lehre-n-un Kopfweh macht aim erſt ales wiße.
Jez wyl mer doch dran ſinn an ſo gelehrde Stüße,
Un Si e Dokter ſinn . . .

　　　　　Reinhold.

　　　　　Noch bin ich nicht Doktor.

　　　　　Hr. Mehlbrüej.
Si were 's jo b'nächſt Wuch. — Jez ſaane Si: iſch's wohr,
Daß merr's am Gſicht kan ſehn, ob ainer e Kalfalter,

E Dieb, e Beeswicht isch, kurz wie halt syn Karakter
Innwendi bschaffe•n•isch?

Reinhold.

Warum nicht?

Hr. Mehlbrüej.

Jez, i saa's,

Zell kummt mer spannisch vor. Dail maine•n•an der Nas
Kan merr's erkenne glych, dail saaue•n•an de•n•Aue,
Un imm Lavabber nooch soll merr uf's Muul z'erst schaue;
Dert, saat der, sizt's Gemüet, daß merr's kan fustedil
Begryffe. Zell wärb erst, mynthalwe, noch e Glüt,
Wemmerr de Lytte glych anmerke kinnt am Libbel,
Was si als henn im Sinn. 'S het hundertswys Ehkribbel,
Wo mit ere Spektiv de ganze Daa, nit fuul,
Der Frau dhaim, gsezderwys, scharf gukdibje•n•uf's Muul.
D'Nas will i gelbe lon, wurrum, vil henn so Schmelker,
Wo merr wahrafdi maint, si henn sich vom e Welker
Recht früej uffwelke lon, wie b'Naje•n•usgedailt
Sinn worre, daß si glych henn b'greeste kriejt anghailt
Zuem Zierroth in ier Gsicht. Vil henn e ganze Klumbe
Flaischknöpfle•n•uf der Nas, dail henn nurr klaini Stumbe,
Grumbeerelnöllele, Früeirettjele•n•im Gsicht;
Dail Knybbespizze schmal, wo merr sich schier dran sticht;
Zell sinn maist Diftler so un Bäschler, au ebs nybi;
D'Krumnase, bie sinn gscheid, doch manchmol streng un gryddi;
D'Grumbeerenase sinn als guebi Huzzle maist;
D'Pfolnase henn vilmol e wunderfizzje Gaist,
Von zelle saat merr dnoh, daß si b'Nas zu e hoch traaue;
Die Bukkelnase sinn gern listi und verschlaaue,
D,Flaischnase sinn verliebt, b'Pflatschnase sinn verschlekt,
D'Spitznase nasewys, b'Stumpfnase•n•ufgewekt.

Reinhold.

Sie sind, wie ich bemerk', ein großer Nasenkenner.

Hr. Mehlbrüej.

I haa diß Fach gstubbiert; denn so ebs isch for Männer,
Wo sunst vil Gschäfde henn, e rechder Vaßledang.
Der het for d'Blueme do, dersell for d'Hund e Hang;

Je'r het syn Fraib am Spiel un der fangt Millermahler,
Derfell lait sich uf b'Stain, der do uf b'große Daler,
Der isch e Büecherwurm un der e Dofelnarr,
Der ain het b'Kazze gern, der ander b'Affe gar.
Syn Kapp lobt jeder Narr. J haa mt jez uf b'Nase
Schunn lang gelaht un haa mer so, us Wachs, von aaße
E Sammlung halt gemacht von Schmeltre groß un klain,
Wo recht abarbi finn.

                  Reinholb.

                  Das mag merkwürbig sein.
Ist sie auch zahlreich schon die Sammlung?

                  Hr. Mehlbrüej.

                        Siwwe hundert
Haw i so Nase schunn.

                  Reinholb.

                  Das ist sehr viel. Mich wundert
Wie Sie, mit Auswahl doch, ihr Nasenkabinett
So reich zu Stand gebracht.

                  Hr. Mehlbrüej.

                    Sehn Si's emol, i wett,
Si henn nix gspäßjers gsehn, es wurd ne waibli gfalle;
'S isch's ainzi wyt un brait, wurrum, i haa von alle
Grosnase Muster drinn. *[Do wurd ne bsunderst gfalle
Im Schaffner Lorch syn Nas: isch zell e Schmekker gsin
Mit fünf sechs Junge dran! Dnoh kummt von Jwwerrhyn
Im Owwerwaßerbauamtrechnungsunterschrywer
Syn Klowwe-n-elf Zoll lang. 'S Stadtmohlers Farwerywer
Wart Inne bernoch uf mit sym Labbernepfol,
Un hart bernewe leht e Löschhorn, wo emol
For Geld ze sehn isch gsin us em Rothfäßelgäßel.
By demm leht brozzerli 's Stadtpaukers seeli Näsel,
Wo demm wyt üwwers Muul ghenkt isch un 's doppelt Kinn
Het angeranzt aß wie e Belikan, wo nyn
In b'Brust sich bluebi byßt for b'Junge mit sym Schnawwel.
Der Nochber dovon isch der groß Banburesawel.
Die krummgebeaue Senf', wo als der alt Fischkal
Im Gsycht het sizze ghet. E Bloschbalg, wo um b'Wahl

---

* Der eingeklammerte Abschnitt fehlt in der 1. Ausgabe.
Dafür steht: Erst vorgest haa i grad
            D'größt kriest

Ebs größer isch, kummt druf vom Bürstebinder seeli
Us unsrer Gaß, un d'noh e burrjementni, gehli,
Verknetschbi Duwalsbutt, wo d'Frau Ammaistre drum
So stark berüemt isch gsin. Druf sehn Si 's Ayebum
Vom Wanzenauer Schulz, wo e-n-unbändje Trechter
Krumm stehn het ghet im Gsicht. Im Dorrelser Nachtwächder
Syn Schlaabaum nimmt sich au gar majestädisch us.
Bym Enkerhoke dnoh vom Knecht im Raspelhus,
Do lacht aim 's Herz im Lyb; un b'Güederwaauedyssel,
Dik voll Miteßerle, vom krumme Schambedyssel
Im Findlingshus, biß isch, was merr nurr rars kan sehn.
I haa dernoh au noch zwei Elefandezähn,
Der ein vom Kuntrollär, wo sich be Hals aagschnibbe
Zletsch het, wyl daß syn Frau ohn inne-n-isch im Schlibbe
Nuß gfahre-n-uf Ellirch.

Reinhold.

Ist's möglich?

Hr. Mehlbrüej.

Ehja, merr kan
For b'Yfersucht halt nix. Der anber Nasezahn
Kummt her vom Bebbelvogt, wo isch im Rhyn veriosse;
Demm sinn gar uf der Gaß als b'Kinder nochgeloffe,
So krumm un lang nufgstilpt un spiz isch gsin syn Nas.
D'noh haa i glych derby e Murchel unterm Glas,
Voll Barbellöcher, groß wie e Spanhaizelslewwer,
Mit Bürstestupsle bsezt wie d'Schnuffel vom e-n-Ewwer,
Un gsprenkelt roth un bleau wie Ostergakkle grab:
Die isch] aakunderfeyt vom e Herr Ghaimerath
Us Stueggerdt.

Reinhold.

Wo ist bas?

Hr. Mehlbrüej.

Im Schwowelanb.

Reinhold.

Ich staune,
Daß fremde Nasen auch, willfährig, Ihrer Laune
Den seltenen Tribut zu zollen sich bemüh'n

Und gleichsam zum Triumph in Ihre Sammlung zieh'n.
Es ist demnach Ihr Haus ein wahrer Nasentempel.

Hr. Mehlbrüej.

'S isch wohr. — So haa i au die Grosnas, zuem Exempel,
Wo in's Gsicht angschnallt isch vom Oppenauer Bott,
Er lebt noch; wer ne giycht, der lacht sich halwer boot.
Die Schnuufmaschin sycht us aß wie e Fyeraimer,
Wo bobbelt isch.

Reinhold.

Ah Spaß!

Hr. Mehlbrüej.

Nit wohr? Si denke: zay mer
Diß Wunderwerk als z'erst, eh daß de rebst dervon.
Drum kumme Sie mit nuf.

Reinhold.

Mich beucht, es ist doch schon
Etwas zu spät dazu.

Hr. Mehlbrüej.

Sie henn erecht, doch müeße
Si heere noch die Gschicht, es wurd Si nit verdrieße.
Jez, denke Si, der Bott gukt ebbes stark in's Glas.
Jez layt sich der im Suff, am Sunbaa, hien in's Gras,
So an e Baum und dayt; jez stoße 's Jubbe=n=Imme
Un flieje=n=us em Korb, im Schinder zue, in d'Pfrimme,
Grad hien, wo zeller luenscht; jez gukt die Nas vom Bott
Hoch us de Kryttre 'rus; jez fahrt der Schwarm, by Gott,
Demm in d'Naslöcher nyn un fangt an drinn ꝛc baoue.
Vom Gsurrs wacht der jez uf, jez het er bonnit traoue
Diß Viej so mit Gewalt erus ze trywe; jez
Denkt der: biß isch abart, aacht genn! Sunst geht's no' lez!
Jez stopft er d'Duwaksphyf, schlaat Fyr und raucht unbändi
Un schnuuft be Dampf durch b'Nas; jez were=n=innewendi
Glych d'Imme matt; jez nießt der dreimol wie e Roß
Un nießt sie straks erus, un wurd syn Pleau so los.

Jez lokt er Ente her, un gryscht als: Wule! Wule!
Die freße b'Imme-n-uf. Jez rennt b'Frau vom Judd Schmule
Wild wie e Sabbrach her un will ben-n-Immeschwarm
Zeruk hann, gryscht: Away, away, daß Gott erbarm!
Wart Goyem! Ofer 's is e schaufter Maffemabbe,
Wau be gemacht hef do; aß be-n-e grauße, glatbe
Onbschnittne Daler worst 'rausbleche for der Gspaß,
Mei Schwarm is fort, away! — Wer haißt biß Viej in b'Nas
Nyn flieje von be Lyt? sait jez der Bott; 's henn b'Ente
Die Mukke-n-ufgschnawwliert, an die müe'n ier ych wende,
Forr daß err si zeruk bekumme: 's het ne gschmekt,
Wurrum, e-n-Imm isch füeß, wyl si voll Hunni stekkt. —
Jez gitt biß e Prozeß. Der Judd verklaaut dr Botte.
Jez duet dem Nasehorn syn Prokkeraber roobe,
Daß er e Gejekllaau im Jubbe-n-anhenkt glych,
Wyl daß der Schwarm syn Nas verrowoßt het mit Gstich,
Un er bym Schinder Geld an Hundsschmalz het mü'en wende
Un Pflaster, for syn Gsicht ze haile. Dnoh sinn b'Ente,
Het der Prokkraber gsait, an all denm Unglük schuld,
Wyl si be Schwarm grad uf henn gfreße: nurr Gebulb,
'S sinn 's Pfarrers Ente gsin, uf denne mucß merr's schaiwle,
For daß er's Bad uffuft, er maan sich noffo straiwle.
Als bene mit verklaaut! — Jez geht der Pfarrer au
Zue 'me Prokkraber hien. Jez macht em der glych b'Freau:
Ob b'andre Zeye hann? Nain, saat der Pfarrer. Brächbi!
Saat der Prokkraber. Guet! Diß gitt e Zech, e rechbi,
An Kefte! Ehja, sait bruf der Pfarrer, 's hett der Judd
Doch e Bewyß: er het us bere-n-Entebruet
E jung's Antveejele gekrypßt un het em's Kröbfel
Ufgschnibbe, bo isch brinn, bik wie e Lewwerknöbfel,
E Klubbe-n-Imme gftekkt. Schad niz! Do wurb begehrt,
Daß der Antveauel z'erst bezahlt wurb noch sym Werth,
Zell schrekt be Jubbe-n-aa, saat der Prokkraber. Henn Si
Niz geje bene Bott ze klaaue? Imwerenzi,
Saat j'er. Der Bott het gsait, i bin e Stükkel Viej.
Guet genn! Dis haißt geredt! Diß gitt e koschbri Brüej,
Fahrt der Prokkraber furt, i kenn mi nimm' for Fraide!
So haa i gern Prozeß, wenn Kniff un Pfiffikaide
Drinn sinn. Der Bott schilt Sie e Vieh. Recht so. 'S tibliert
Der Judd be Bott e Hunb. Brawwo! Der Bott schinniert

Sich an nit, haißt be Jubb e Schwyn un langt em Däsche.
Herr Pfarrer, lon Si mich die Winble nurr uswäsche;
Die zahle b'Laub un b'Saif un's Beejelgelb. — So het
Der Prolleraber gsait. — 'S buurt der Prozeß, i wett,
Als noch.

Reinhold.

Mich dünkt, daß ich im Hof' braus rufen höre.

Hr. Mehlbrüej.

'S isch b'Frau. (Sehr laut.) J kumm, Rosin'. (Geht ab.)

Fünfter Auftritt.

Reinhold allein.

Reinhold.

Es währte doch, auf Ehre,
Zu lang des Manns Gespräch. Das ging in einem fort!
Bei solchen Rednern kömmt der Hörer nie zum Wort.
Er spricht wohl nicht so schlecht, der Rathsherr. Die Gedanken
Sind komisch; wenn er nur nicht des Geschmackes Schranken
Zuweilen überschritt', ich hört' ihn gerne an;
Denn, wahrlich, er ist sonst ein recht verständ'ger Mann.
Schon die Gestalt nimmt ein, die stattlichen Manieren,
Der hohe Leibeswuchs, die Kleider selbst, sie zieren
Den Greisen, er ist noch vom alten, kräft'gen Schlag.
Seit ich in Straßburg bin, erfreu'n mich jeden Tag
Der Ort, die Menschen mehr. Welch' redliches Bestreben
Der Bürger, ehrenvoll und schlicht und recht zu leben!
Der alten Treue Sinn, er waltet stets noch hier;
Gefühl für Bürgerwerth, Freimüthigkeit, die Zier
Des Völkerstamms am Rhein, und kraftvoll frohes Treiben
Sind hier so recht zu Haus, und nie ließ sich beschreiben,
Wie sich der edle Trieb des Wohlthuns allgemein
In allen Klassen zeigt. In lieblichem Verein
Steht Bildung bei den Frau'n mit offner Herzensgüte.
Es prangt die Mädchenwelt mit holder Schönheit Blüthe
Und unbefangnem Sinn; der rege Kunstfleiß beut
Des Wohlstands goldne Frucht, und die Gelehrsamkeit

Schmückt seit Jahrhunderten zu Straßburgs schönstem Glanze
Sein altes Wappenschild mit ihrem Palmenkranze.
Die Sprache selbst, wenn auch uns Fremden seltsam neu,
Klingt herzlich und naiv, die Tochter alter Treu'
Und ungekünstelter und freier Lebensweise.
So sprach man schon am Rhein, als dort mit kühnem Fleiße,
Was durch Begeisterung in ihm ein Gott ersann,
Erwin den Riesenbau des Münsterdoms begann.
Die Sprache war dies einst der ersten Minnesinger;
Es schwur hier früher so der eine Karolinger [1]
Dem andern Treue zu, und längst um Klodwichs Thron
Ertönt' mit edler Kraft die alte Sprache schon.
Noch spricht der Schweizer so; noch lebt in Schwabens Auen
Die gleiche Mundart fort; noch auf des Schwarzwalds Gauen.

(Wolfgang tritt ein.)

Es sei mein künft'ger Heerd in dieser Stadt gebaut,
So will es mein Entschluß. Sie werde meine Braut,
So spricht mein Herz bald leis und bald mit wildem Pochen.
O Himmel! welches Glück, wenn nun nach wen'gen Wochen
Der Liebe Seligkeit das Haus zum Tempel weiht,
Das ihr und mir vereint ein bleibend Obdach leiht.

Sechster Auftritt.

Reinhold. Wolfgang.

Wolfgang (für sich).

Er hat mich nicht bemerkt. — Was wollen die Geberden?
Die Hand vor dem Gesicht? Der rasche Gang? — Es werden
Nicht Briefe doch von Haus...

Reinhold (ihn bemerkend).

Wie, Bruder, bist du hier?

---

[1] Karl der Kahle, der im Jahr 842 hier in Straßburg seinem Bruder Ludwig des Deutschen, in Gegenwart beider Heere, in romanischer Sprache (d. i. in ausgeartetem Latein) geleisteten Eid, in unsrer Landesmundart beantwortete.

Wolfgang.

Schon eine Weile, Freund.

Reinhold.

Ei doch!

Wolfgang.

Was fehlt denn dir?
Du scheinst bestürzt: du sprachst mit lauter heft'ger Stimme,
Gingst hastig hin und her. Erhielt'st du etwa schlimme
Nachrichten?

Reinhold.

Gott bewahr! Ich dacht' und fühlte laut,
Was meines Herzens Wunsch der Hoffnung froh vertraut,
Noch ist die Briefpost nicht aus Deutschland angekommen,
Soeben war ich dort. Mit Schmerzen und beklommen
Erwart' ich sie. Gewiß sind Briefe für mich da,
Und der Entscheidungspunkt, Gottlob, ist endlich nah;
Denn, wahrlich, länger kann es nicht mehr also bleiben!
Ich eil' dann morgen früh mit meines Vaters Schreiben
Zu Lieschens Eltern hin und fordre sie zur Braut.

Wolfgang.

Sprich mit der Mutter erst.

Reinhold.

Da ist schon vorgebaut.
Herr Einundzwanziger hat längst die Bahn gebrochen,
Indem er oft für mich ein günstig Wort gesprochen,
Und seine Gattin wird fürsprechend mit mir gehn,
Um auf dem sauren Gang mir freundlich beizustehn.
Wir müssen beide nun entschlossen uns betragen,
Nicht minder du wie ich, und das Geständniß wagen,
Von welchem unser Glück abhängt.

Wolfgang.

Wohl, es ist Zeit.
Erwünscht schafft morgen uns das Fest Gelegenheit;
Denn, wie es scheint, so geht heut überall die Sage,
Von der Christinchen sprach.

Reinhold.

Du irrst nicht.

Wolfgang.

Ich beklage
Mein Schicksal, wenn auch ihr das alberne Gerücht
Zu Ohren kam. — Doch nein. — Sie glaubt ihm ewig nicht,
Und da sie allsobald zu uns zu Tische wird kommen,
Sei jeder Zweifel ihr gleich durch mich selbst benommen.

Reinhold.

Dies ist bereits geschehn.

Wolfgang.

Durch wen?

Reinhold.

Durch mich. Ich eilte,
Nachdem ich dich verließ, zu Kranken hin, verweilte
In Klärchens Hause lang, erwartend dich und fand
Das Mädchen tief gebeugt. Du wurdest gleich genannt
Und ernst, mit sanftem Ton, der Untreu angeschuldigt;
Mit Schmerz und Würde doch ward frei dem Werth gehuldigt,
Den sie hoch in dir schätzt, durch den ihr dein Verlust
Empfindlich, sprach sie, wird. Ein Seufzer, der die Brust
Ihr zitternd langsam hob und ihr beredtes Schweigen
Bezeugten ihre Trau'r.

Wolfgang.

O Engel ohne gleichen!
O Reinheit des Gemüths, der wahren Liebe Thron!

Reinhold.

Ich nahm hierauf das Wort, und allsobald entfloh'n
Die Zweifel, und es kehrt' die Ruhe mit dem Glauben
In ihr Gemüth zurück.

Wolfgang.

Den soll ihr nichts mehr rauben.
Ich bleib ihr ewig treu.

Wolfgang.

Die Mutter überzeugt'
Ich keineswegs. Doch scheint sie dir recht sehr geneigt;
Denn sie auch sprach dein Lob mit edler Herzensgüte,
Der ich dich stets noch werth zu schildern mich bemühte.

Wolfgang.

Daran erkenn' ich ganz die gute, edle Frau.
Sie irrt sich nicht in mir, sie zweifle nicht, vertrau'
Dem Worte, welches ich ihr feierlich gegeben,
Und welches wie ein Eid mich fesselt für das Leben.

Reinhold.

Die Tochter ist so ganz der Mutter Ebenbild;
Feinfühlend, ohne Falsch, sich streng und andern mild,
Gebildet und voll Geist und dennoch so bescheiden.

Wolfgang.

Und wie sie mit Verstand den Haushalt weiß zu leiten!
Wie herrschen Reinlichkeit, Geschmack und Ordnungsgeist
In dem bescheid'nen Haus, wo nichts auf Reichthum weist!

Reinhold.

Rühm' auch der Schönheit Glanz, der herrlich sie umstrahlet
Den edlen Blick, worin sich ihre Seele malet,
Das großgestirnte Aug, das schwarz und lichtvoll glüht,
Den Rosenschimmer, der auf ihren Wangen blüht,
Den feinen Mund, auf dem ein Götterlächeln schwebet,
Den hohen Leibeswuchs, von Grazie belebet,
Der Haltung Majestät, den Adel der Gestalt . . .

Wolfgang.

Ja, sie ist wunderschön. Doch hat mit mehr Gewalt
Ihr Herz und ihr Gemüth mich zu ihr hingezogen.
Von diesen wird in ihr die Schönheit überwogen,
Und das ist viel gesagt; denn sie ist treu und rein
Und gut im höchsten Grad, man kann nicht besser sein.

Reinhold

So schilderte sie mir auch Lieschen jüngst.

Wolfgang.

Es gleichen

Die Jungfrau'n überhaupt sich sehr.

Reinhold.

Ein günstig Zeichen

Ist dies gewiß für uns.

Wolfgang.

Wie rührte Lieschen mich,

Als bei der Tante wir sie trafen, und sie sich
Zur Wärt'rin gleich des Kinds aufdrang, sich nicht ließ stören
Und vom Spazierengehn nun nichts mehr wollte hören.

Reinhold.

Sie ist die Güte selbst.

Wolfgang.

Neu sitzt in einem fort

Am Schmerzensbett des Kinds dein holdes Liebchen.

Reinhold.

Dort

Seh ich sie also noch als Arzt.

Wolfgang.

Doch wir vergessen,

Hinauf zu gehn. Man setzt sich gleich zum Abendessen.

(Gehn ab.)

Siebenter Auftritt.

Berwel. Christinel.

Berwel.

'S isch, wie i derr's haa gsait, der Narr, wo welschelt so,
Der Erbsezähler. — Na. Jez geh i.

Christinel.

Bly' noch do!

Si sinn nonnit am Disch, mer babble noch e bissel.

Berwel.

Isch denn im Wolfgang au syn herzgebobbelt Lissel
Schunn dromme?

Christinel.

Nain. Ich wart do uf's.

Berwel.

Der Bremer isch

Doch do, der Wüestel?

Christinel.

Jo. Was hesch be denn? De bisch

Glych im e Harrasch drinn, wemmerr ne nurr duet nenne

Berwel.
De mainst's eso. — Kummt au der Amtmann un b'Amtmänne?

Christinel.
Die sinn nit hie. Si sinn by ierem Brueder brus,
Bym Kammerrath in Bruemt.

Berwel.
Bÿ zellem Hurrlebuß?

Christinel.
Jo. Er kummt vil in b'Stadt.

Berwel.
Der rych un lebbi Robe
Meecht halt e Frau von hie.

Christinel.
Als loß der von be Dob
Nurr b'wyße Hänschi wegg.

Berwel.
Was isch der wibberli!
Er sicht so schäwi us und redt so wunderli!
Er het e Mollekopf un Bain wie Rabbesise,
Syn Nas, die kinnt merr em waiß wie vil kürzer schlyffe,
Si wärd nollang genue.

Christinel.
'S isch wohr.

Berwel.
Er isch schunn alt,
Un boch maint noch der Narr, baß er de Jumfre gfallt.
Drumm buct er so gallant, trawebbelt un scharwenzelt,
Dräjt b'Aue wie e Gais, merkt nit, wemmerr ne hänselt.
Z'letst, eh i mi's versych, se gitt er merr e Schmuz,
Daß i mi awwer glych mit der Salvet aabuz!
Wer henn just Buchweich ghet, bo haa i Laub genumme
Un haa mi gsysert mit.

Christinel.
Der sot mer au so kumme!
Pfi bä! E Schmuz von bemm infame Schmuerel bo!
J waiß nit, was i bät. Der mißt un muchelzt jo;

Syn Bruschbuech glänzt schler glatt vom Muemen-un vom Truele,
Un macht er's Muul erst uf, ze riecht er wie e Duese,
Wo gspsert wurd; es gschmackt aim aaße von sy'm Laum.
Au sycht er lusti us aß wie e Deotebaum.
Reb nurr niz meh von demm.

Berwel.

Kummt au der Kirchepsläjer
Ruf?

Christlael

Nain. Myn Vogt macht sich niz us dem Wortverbrähjer.

Berwel.

'S isch recht; er isch au noch grob wie Saubobnestroh.
Kramanzjes macht der nit, der lauft enanvernoh
Aim ale Daa in's Huus zuem Suffe-n-un Schmarozze;
Un het merr ne-n-am Disch), ze duet er's Brod verknoze.
Verbruelt d'Salvede, schenkt aim b'Gläser zue voll hn,
Strekt d'Ellebeauje nus un filebert wie e Schwyn,
Saat niemol wemmerr trinkt: Goggsäj, un nie bym Nieße:
Gsundhait, un buzt sich d'Gosch am Dischbuech aa. Jer mueße
Ne staiwe, denn er isch lycht labe wie 's lang Hai,
Un eh err's hch versehn, ze bringt er hch in's Gschrai,
Traat jede Mumfel us, wo err als bhaim genieße.
Un loßt sy'm beese Muul de Zaum unbändi schieße.

Christinel.

Abba! Isch der so bees?

Berwel.

Der? Krobbebibberbees,
Durchtriwwe, nybi, falsch. Er isch jo lang Huusgläs
By myner Grosel gsin. — Was mache z' Soldner's briwwe?

Christinel.

Nigguet. 'S isch dert halt wegg der Offezier gebliwwe
Wo als b'Frau Soldnere het in's Kummeebi gfüert
Un b'ganz Fammilli het verköfti't un gastiert.
Do wurd jez, halt, gschnarrmuult.

Berwel.

Diß isch ne-n-erst noch gsünder.

'S isch e-n-abarbis Huus. Do stehn die bryzeh Kinder
Um 's Solbners Disch erum wie Orgelpfyffe still,
Die macht er mit der Rueth glych orgle wenn er will,
Brucht ken Bloschbalg. Un wie e Pyuff dick anfangt brummt,
Sorrjt b'Frau dervor, daß ball e klaini duet noochkumme,
Wo hell un rainlecht geht.

Christinel.

*|Denk nurr emol, ich Gaus
Ha gar lang als gemaint, die Lyt henn's wie der Hans
Im Schnokeloch volluf. — Was dueft du hyt noch trywe?

Berwel.

Nit viel. J mueß halt b'haim by myner Großel blywe,
Un bo mueß 's Gänselspiel, 's Bochbrett, der Nynerstain
Herhalte. Mier sinn nie so z'Owes ganz elain;
Do kumme d'Huslyt nuf, un z'maist e Kammeräbel:
'S Mey=Urschel, 's Grete=Liß, 's Herr Krachelmayers Käbbel,
Un 's Suje=Bärwel als un 's Grete=Lehn. Sinn's viel
Wo kumme, do geht's los an e rechts lusti's Spiel:
Handtatschers un Herr Rapp Herr Rapp het b'Kapp verlore
Un Grywes Grawes Holberstock.

Christinel.

J haa's verschwore,

Zell spiel i nimm.

Berwel.

Wurrum?

Christinel.

Z'letst am Dreikinnisbaa,
Wo ich bin Kinni gsin, wyl nurr ein Bohn ('s isch fra
Nurr e roths Welschkorn gsin) im Kueche=n=isch gewese,
Do simmer nooch em Disch elsthalwe zsamme gieße
Un henn diß Spiel jo gspielt, bo isch's just 's Susel gsin:
Jez denk nurr wie ich so an es bin gstande hien
Un freau als: Wie viel stehn? un heb in d'Heeh drei Finger,
Do kummt syn Brüderle, der klain Hoffesalspringer,
Der Awerhämmel, 'ryn un het e Drumm un brummt.
Jez hätst bu's solle sehn, diß Susel: wie verstummt
Un daiwlicht springt diß uf un gryscht, daß ich's verschrele

Hät welle, un bernoh fangt's gar an b'Zähn ze pflete
Un pfußt un wurd em weh, un isch ball roth, ball wyß.

Berwel.

Ey, bhüet mi Gott! biß hät i nie geglaubt, daß biß
Au Hizze, fliejebi, so het wie b'Jumfer Schmuzze.
Jsch's becs mit dier? Es buet sunst b'Finger bernoch schluzze,
Daß merr's nurr insebiert.

Christinel.

        J kumm selbst nit recht druß.
Wohr isch's, es sycht schunn lang bleich un ekümmi uß,
Fallt us be Kleider so un het alsfurt Malleste,
Ball mit be Nerve, ball im Maane; 's sinn so Breste
Wo's von der Mueder het.

Berwel.

        'S kröpft mi, wenn i bran benk.

Christinel.

Daß i jez wibber 's Gspräch uff 's Soldners brimme lenk:
'S isch räthselhaft, waiß Gott!] Wo trywe nur die Lyt
'S Geld uf for b'Huushaltung?

Berwel.

        Wo? Narr, si zahle nit.
'S geht ales bert uf Bums, bis b'Frau e Herre wibber
Vergaukelt, daß er Geld for Mezjer, Bek un Schnyder,
Schuemacher, Kiefer schwizt.

Christinel.

        Was, trinke die denn Wyn
An ierem Tisch?

Berwel.

        Bo jo! 'S wurd Burrlegyger sin!
Kruttbrüej, Suuremes so, Räskläwner, Krazzeberjer,
Wo merr in be Salab au brucht, un wo noch ärjer
Aß wie Viereßi schmekt.

Christinel.

        Er het als boch e Juuß,
Der Soldner, manchmol so.

Berwel.

        Drum in be Schlurpfe nus

Geht er als mit fym Schwär, demm Gant=Bott, gern salwander;
Do trinke=n=Dwes bie, halt, e Brendsupp mitnander,
Un esse dnoh nit z'Nacht. Bon drei, vier Kännle Schnips,
Fra Quetschelwasser, henn so Schlukker glych e Hyps.
'S geht dort zue bschnobbe her. Dät sich der Schwär nit rüere,
Se könnt der Soldner Hund uf Lenkebach längst füere
Un sähdi gar vilycht. — Si ruefe derr. Jez geh
Nurr e Gottsnamme nuf.

Christinel.

Na jo. Guetnacht, abieh.
(Geht ab.)

Berwel.

Jez isch es halwer acht. Do bstell i si uf nyni
Hien an de Kazzestäj, daß si demm Reinhold syni
Tracht Schläj dert finsterlings anmeße, daß es zählt.
Er geht am nyne furt zuem kranke Kind; bo fehlt
Sich's nit. Die were ne=n=am Kryps ains 'rummer schüttle
Un imm de Bukkel satt un waibli durchkapitle.
Si henn Farrwäddel, un gebräjdi; bo wurb's gehn,
Daß der wurd morje früej uf ken Bain kinne stehn;
Do bly't der Batschbue dhaim un kan druf furt spikkliere,
Wie merr b'honnedde Lyt recht kann veraffrundiere. (Geht ab.)

Achter Auftritt.

Lizentiat Mehlbräej (allein).

Lizenziat.

Ong nangtang riäng ... Pong, Pong ... Mongtong bong
sang fassong.
Soll i glych mit crus so pflatsche? ... Nixdi, nong!
So am Noochdisch ererst, tym Dessär ... Poz Standare!
Poz Fahnebibbele! Wie were bie uffahre,
Wenn i's ne stek un saa was biß e Gaudieb isch
Der Reinhold ... Wart Spizbue ... Mer henn di jez; de bisch
Ewegg. Wer hät's gemaint, daß der so Deifelehe

hie trybt? Der kan jez ainz uf b'Galjelaiter stehe,
De Strik scheen um de Hals gewurstelt ... So ... Der Herr
Macht falschi Wechselbrief? ... Do het er jez au b'Ehr,
Daß merr e Stekbrief imm noochschikt for ne ze pakke,
Wo er drinn bschrimwe-n-isch mit syne rothe Bakke,
Sy'm schwarze kruuse Hoor un syner Krummnas ... 'S het
Mer b'Abschrift der Fischkal bo genn ... Der kriejt syn Bett
Hyt noch im Ketteburn bym Bunggeweer ... Pong! 'S Lissel
Isch myn. Mer were's halt, myntwäje, noch e bissel
In's Bokshorn trywe müe'n, wenn's nit barriere will:
Wärb's nit so hundsjung noch, se hät's an demm Tripsbrill,
Demm Galjeveaujel bo, de Narre nit so gfreße;
Doch so wie's biß erfahrt, wurd's ne kurzum vergesse,
Un unser ainer kumnt, angfäng, an syne Plaz
Un wurd so, sporestraks, demm scheene Kind syn Schaz.

(Geht ab.)

Vierter Aufzug.

Starkhans' Wohnung.

Erster Auftritt.

Fr. Dorthee. Hr. Mehlbrüej.

Fr. Dorthee.

Poz dausig Sabberlot! Wemm hät so ebs gedubbelt?

Hr. Mehlbrüej.

Ehja! 'S duet mer selwer ant. Die Gschicht isch bees
verhubbelt.
Der Mensch wurd nimwer halt geliffert un dert ghenkt;
Er isch wegg wie e Liecht. Syn Strof wurd imm nit gschenkt.
So falschi Wechselbrief sinn, mier an, Schrywvereye,
Wo aine b'Owvrikait gar lutt duet brimwer bschreye.

Hät i am Stekbrief nit erkennt 's Fiichkale Schrift,
Se hät i's nie geglaubt.

Fr. Dorthee.

Willycht isch's nurr angstift
Eso, daß ebbe gar e Fynd in e Lawwrente
Ne bringe will.

Hr. Mehlbrüej.

D'Fryndschaft, Frau Bas, duet Sie verblende.
Was von der Oroorikait herkummt, schmekt nooch ein Salz,
Der Stekbrief isch gericht, von Mannem in der Pfalz,
An b'Herre hie. Er isch bitschiert un underschriwwe,
Un unser Muszjeh isch scheen drinn benamßt un bschriwwe.

Fr. Dorthee.

Na, werli, gut! Jez geh! mer's uf aß wie e Liecht;
Do sinn die Wechsel her un all diß Geld! Do riecht
Merr jez de Hasekäs!

Hr. Mehlbrüej.

Nix isch so klain halt gspuune,
Frau Bas, wo nit am Enb doch au noch kummt an b'Sune.
Gebrode flieje-n-als aim b'Duwe nit in's Muul;
'S Obs, wo früej zybbi isch, wurd au am erste fuul;
Wer rych will were, mueß z'erst dikki Brettle bohre;
Unrecht erworwe Guet geht wibber gschwind verlohre;
Soll ebs e Hooke genn, se wurd's bezybbe krumm;
Kruus Hoor un kruuser Sinn sinn maist bysamme drum;
Wer bief dappt in de Muer, der blyt halt bief brinn stekke,
Un uf e harte Nast gheert au e harter Wekke.

Fr. Dorthee.

Sprichwörter kan Er doch grad wie e Libbeney.

Hr. Mehlbrüej.

Der Lizeziat un ich henn's vom Grosvadder frey
Herg'erbt; do stekt's im Bluet. — Jez soll von dem Hallunke
Ken Red meh sin, Frau Bas. Het's in der Fechtschuel gstunke,
Se gitt merr Bech un geht syn Lebdaa nimmi bryn.
D'Stüel sezt merr nit uf b'Bänk; merr traat au in de Rhyn,
Frau Bas, keu Wasser nit. un für e-n-Elefande

Mueß merr e-n-Angelmuk nit anjehn. — Ynverstande
Simmer in alem jeß for morn.   J wiU my'm Sohn
Hyt Owes noch e Wort dobriwwer merke lon
Un imm syn Fryndschaft au mit so 'me Kerl verwyse,
Wo merr jeß nächster Daa fißt un brennt am Halßhse,
Wenn er niggar im Strik, myntwäje, henke bly't.
Jeß geh i haim, Frau Baß, eh b'Lumbeglock noch lyt.   (Geht ab.)

Fr. Dorthee.

'S isch jo kuum nyn verbeh.   (Geht ihm nach.)

Zweiter Auftritt.
Hr. Starkhans. Liffel.
Hr. Starkhans.

Jeß, was i derr wiU saaue,
Du herzgekrawwelts Kind! Whl daß mer dyn Betraaue
Als lowwe müen, wurrum, be machst eß niß wie Fraib,
Ze hemmer for dich ebß von Frankfurt, ali baib,
Z'letst bsteUt, die Alt un ich, un hyt isch's Schiff ankumme.
Rooth, was de kriejst?

Liffel.

Ha na! Do kan i wayer numme
Mi fraye. Er isch doch e gueber Babbe-n-Er.

Hr. Starkhans.

Was mainst, Kanästjele?

Liffel.

J waiß nit recht. — E Scher,
E-n-englischi, von Stahl, wo Zirkemirle winzi
In Gold druf gstoche sinn?

Hr. Starkhans.

Mit Zirkemirle sinn ß
Manchmol genue gepleaut, bie wo i main. — Dervon
Bisch gar ze wyt.

Liffel.

Ze-n-isch's e Summerbarreson?

Hr. Starkhans.

Chjo. Schabbe gitt's vilmol noch meh aß Schurm. Rooth
beffer.

Liffel.

E Fueberälele mit Löffel, Gawwel, Meffer,
Verfilwert?

Hr. Starkhans.

De bisch schunn ebs nähber, denn in's Huus
Gheert zell Dings alemol. — Rooth als uf bene Fueß
So furt, du liewi Zell.

Liffel.

E=n=yngelajts Spinnräbel,
Wo gar nit schnurrt?

Hr. Starkhans.

Mit schnurrt? Freau nurr byn Kammeräbel,
'S Mey=Käbbel, ob zell Ding nit manchmol furrt un schnurrt.
Rooth au ebs nahmhafts, Kind, wo vil werth isch.

Liffel.

Es wurd
Doch ken Anhenkerle nit sin mit guebe Staine?

Hr. Starkhans.

Anhenke buet zell als, un nurr zue vil for b'aine,
For b'andre niggenue; wie's trifft. Na, Schäfel, suech
Un rooth noch herzaft ebs.

Liffel.

Se=n=isch's villycht e Buech
Mit scheene Helje drinn.

Hr. Starkhans.

Hornhelje gitt's by viele
Von bene Büechre so, wo's Horn berzue selbst ziele.

Liffel.

Was saat Er, Babbe?

Hr. Starkhans.

Nix. — Rooth was 's am byr'ste gitt.

Liffel.

E Byddel voll mit Geld?

Hr. Starkhans.

For was?

Liffel.

For b'arme Lut.

Hr. Starkhans.

Nain. — Ebs wo b i e r scheen steht, du golbigs Zukkermaidel!

Lissel.

Aha! 'S isch Sybezey for e neu's Sunbaasklaidel?

Hr. Starkhans.

'S isch Anfangs gschlaachder noch aß Syb. Ebs koschbers isch's,
Wo de gewiß gern hest.

Lissel.

Fyn Zukkerbings, recht frisch's?

Hr. Starkhans.

Rooth nurr ebs koschbrers noch, wo sißeßer isch aß Schlekkel,
Un wo sich au lang halt.

Lissel.

Isch's, ebbe, gar e Päkkel

Voll Lekkerle?

Hr. Starkhans.

Nixdi.

Lissel.

Wyl i's nit roothe kan,
Se saau Er mer's jez nurr; was isch es denn?

Hr. Starkhans (sehr laut).

E Mann!

Lissel.

Ah geh Er. Er vexiert! E Mann von Frankfurt?

Hr. Starkhans.

Werzi
Von Frankfurt isch er als, denn er isch hie. — So herzi
Un repedierli au, baumstark un scheen un rych
Gilt's in der ganze Stadt ken junger Burst. I sych
Schunn, daß b'ne roothst, du Hex. Daß b'ne recht gern heft, wiße
Mer schunn.

Lissel.

Zell isch au wohr.

Hr. Starkhans.

Ob be syn Frau witt sin.

Es wurd sich jez uswyse,

Lissel.

Jo, Babbe, jo i will.

Hr. Starkhans.

I haa mer's yngebilbt be schweyst bozue nit still,
Jez henkt sor dich erst recht der Himmel voll Basgeye.
Bisch e Hochzybbere! Zell isch e starks Anleye
Un e Verbruß! Gelt Schaz? I denk, daß b' mit bemm Burst,
Un i wend ales dran, recht glükli lewe wurst.
Jez reb von wäje morn mit byner Mueder, Lissel;
Denn bo soll's flott hergehn. I geh noch nuf e Bissel.
                                           (Geht ab.)

Lissel.

Jez isch e-n-anberley. Was bin i awwer froh,
Herr Jeh. Un 's isch kurios, i kann's erst nit e so
Recht saaue, wie mer's isch. Wenn i's em boch hyt numme
Noch stele könnt! Er kan vom Kind halt nimm' aakumme.
Wott scheen isch's von em gsin, wie mer b'Maaud hien henn
                                           gschilt,
Daß er vom Esse glych isch furtgerennt; verstilt
Wär biß klain Würmel sunst. Er wurd mer alsfurt liewer;
Wenn i nurr an ne denk, se kriej i halwer 's Fiewer,
Un manchmol kummt's mer vor, aß wie wenn er wärd ich.

Dritter Auftritt.

Fr. Dorthee. Lissel und nachher Hr. Starkhans.

Fr. Dorthee.

By bier isch boch, myn sechs, in alem niz wie Gschlych.
For was bisch denn so lang bym kranke Kind geblimwe
Un hesch b'Bryd e Halbstund noch warde mache brimwe?

Lissel.

I haa, halt, welle sehn, ob's em nit besser wurd.
Es isch ess schier verschnappt just wie mer b'Määilb henn furt
In b'Abbedeek noch gschikt, for Billele ze hole.

8

Un Salb. Do haa i's lang 'rum tetsche müe'n. Uf Kohle
Isch b'Vas bie ganz Zyt gsin, im Gsicht schlostrybewyß,
Verstawert ordetli . . .

Fr. Dorthee.

Geht's besser doch?

Lissel.

Gewiß,
'S isch ali Hoffnung bo.

Fr. Dörthee.

Jez tanst be morn bie wehre,
'S isch enbli usgemacht, baß be-n-e Frau sollst were;
Gehst schunn in's nynzeht Johr, bo muest an's Brett jez bran,
For baß be gspülerst, wie's buet, e Huushalbung ze han.
Zue guet hesch's zibber ghet, jez tanst be selwer zaftre,
Im Huus erum, baß 's tracht, hanbiere, schuure, jaftre,
'S erst ufstehn un noch 's letst in's Bett gehn, üowral sin,
Im Keller, in der Küch, im Holzhuus, uf der Büen;
Imm Mann ufwarde guet, un wenni Geld begehre,
Ungabbi ne lon buen, un di nit driwwer bschwere.

Lissel.

For zell isch mer nit bang, baß er ungabbi wurb;
D'Lieb, wo er for mi het, buurt lewezlängli furt.

Fr. Dorthee.

Anfanges stelle si sich ali wie puur Engel,
Un nooch der Hochzyt sinn's als b'greeste Buzzebengel,
Wo merr ne nie niz recht tan buen, wo stebbi sinn,
Un wenn sich d'Frau nurr muzt, glych zorni schlaaue bryn.
Was zell jez anbelangt, bo heich niz ze restiere;
Er gheert in b'Gaistlitait, bo mueß er sich schinniere.

Lissel.

Was saat Si, Mamme, bo: er gheert in b'Gaistlitait?

Fr. Dorthee.

Aß ob b's nit wiße bätst! Isch er berr schunn verlaib,
Dyn Wolfgang?

Lissel (bestürzt).

Mamme! Was? Herr Jeh! Um Gotteswille,
Von benm isch jo ten Reb!

Fr. Dorthee.

Was sinn diß jez for Grille
Un Rabbe wibber? Waist als nonnit, was be witt?

Lissel.

I waiß es nurr zue guet. De Wolfgang nimm i nit;
Zeh Rösser bäde mi zue imm emol nit bringe.

Fr. Dorthee.

Poz Kruttsalab un Spek! Diß isch jo zuem Verspringe.
Bin i daub obber nit? Was sanst, du dummi Necs?

Lissel.

Los Si mi rebbe nur, un wurr Sie nit so bees.
I will de Wolfgang nit, er will mi au nit nemme;
Dernoh haa i myn Wort schunn genn . . . .

Fr. Dorthee.

De sottst di schämme
In de-n-Erbsbobbe nyn mit dym Gerebs . . . . . Dyn Wort
Hesch genn? . . . . Ah so! . . . . Do freaut merr vil der-
nooch . . . Poz Mord!
Was diß for Nuppe sinn! . . . Un wo hesch's denn erfahre,
Daß er di jez nimm' will?

Lissel.

Vom Reinhold.

Fr. Dorthee.

Poz Standare!
Daß be versuurst, du Krott! Was? Het der Galjestrik
Sich bodryn au milliert? I wott, merr bät em 's Gnik
Glych breche, daß i nurr nix meh vom Kerl müeßt heere.

Lissel.

Herr Jeses! Was isch diß, daß Si jez in Unehre
So vom e Huusfrynd redt. Der Reinhold isch myn Schaz;
Imm haa i myn Wort genn.

Fr. Dorthee.

Haltst glych dyn Muul! I kraz
Derr d'Aue-n-us em Kopf, du Höllekind, du Laster!
Was, mit dem Spizbue hesch's, mit dem durchtriwwne Baster,

Wo under 's Schinders Händ wurd kumme? Gut, i schlaa
Di kelsch un bleau, wenn b'noch e Wort .... (Ballt die Fäuste.)

Lissel (laut schreiend).

Na, Mamme, na!

Was haa i 're gemacht?

Hr. Starkhans (eintretend).

Jer lärme jo ganz siebi,
Un grysche wie's lieb Vieh. Du buest frey gar wie müebi,
Starkhanße? Un bu, Liß, stehst bo wie drei un elf.
Jer sehn schier, ungezahlt, so lusti us wie Wölf
Wo Hunger henn. Was sinn biß bo for Kybbeleye?

Fr. Dorthee.

Der Höllebrobe bo ...

Hr. Starkhans.

Sychst nit? De machst's jo schreye
Na, Maibel, pfuus nit so.

Lissel (weinend).

Ach Babbe-n-i vergeh!

Fr. Dorthee.

Denk numme, Babber, denk! Die Ripp will jez nix meh
Vom Wolfgang wisse! Denk, biß Rennbier isch versetze
Uf dene Reinhold!

Hr. Starkhans.

Was? Jer welle gar mit Gspäße
Mi ebs zuem beste han? For zell het's noch ken Gfohr,
Daß d'Liß so Faxe macht.

Lissel.

Jo, Babbe, jo 's isch wohr!
De Wolfgang nimm i nitt, un ehnder blyw' i lebbi,
Wenn i de Reinhold nit bekumm.

Fr. Dorthee.

Jez heerst wott stebbi
Un kiennüz un vertrakt biß Rawemaidel isch!

Hr. Starkhans (aufgebracht).

So muest nit rebbe, Liß. Nimm di in aacht, sunst wisch
I dier ains us. Do sych die Grasbluem mit fünf Blättre,

(die Hand aufhebend.)

Mit bere wurr i bi glych beſlere-n-un lebbre,
Daß derr's Lattäbel bo wurb turne. Was? Die Schanb
Witt bringe inwer mi, mit ſo 'me Höllebranb
Dich aazegenn, wo b'Lyt betriejt, mit bem Hallunke,
Wo falſchi Wechſelbrief gemacht het?

Liſſel.

'S iſch erſtunke,
Erlaoue-n-iſch's, weinmerr ebs bees von imm nurr rebt.

Hr. Starkhans.

Poz Himmel Sabberment! Du Grubſel bu! An b'Kett
Wurr i bi ſchließe lon, im Dollehuus: Was Laoue
Binbſt bu bym Babber uf?

Fr. Dorthee.

'S iſch, wie wenn's in be Klaoue
Der Beesgo'bhüets ſchunn hät. Es rebt, waiß Gott, ſchunn ab.
Der Rakkersbalg bringt ess noch all zwai in's Grab.

Liſſel (weinenb).

I kaa be Babbe nit gemaint! . . . Heer ſi nurr Mamme.
Si iſch ſo wunberll.

Fr. Dorthee.

Ich wurr bi bluebi kramme,
Du Usbunb von ber Höll.

Hr Starkhans.

Waiſt nit, baß uf b'Gallee
Der Bremer kumme wurb?

Liſſel (weinenb).

Diß macht mer nix, bo geh
I mit.

Hr. Starkhans (ſie zurückſtoßenb, baß ſie auf einen Stuhl ſinkt.)
Do geh in b'Höll glych, Beſtje!

Liſſel (ſchluchzenb).

Liewer Babbe,
Was haa i benn gemacht?

Fr. Dorthee.
Furt. Do nimm byni Schlabbe,

S'Schlofwämstel, b'Newwelkapp, un geh 'nuf in dyn Bett.
Mer henn's genue. Verschlof dyn Boßhait als un bet'
De=n=Orvesäje nurr elain.

(Führt Lieschen, die faſt außer ſich iſt, zur Thüre hinaus.)

Vierter Auftritt.

Herr Starkhans. Fr. Dorthee und nachher Bryb.

Hr. Starkyans.

Poz Herkeleß am Münſter!
Was bin i im e Jaſt, i ſchwaißel frey, un finſter
Wurd mer's ganz vor em Gſicht. Mer henn ebs ſtark in's Glas
Bym Vedder, halt, geguft ... Diß iſch e ſcheener Gſpaß,
Daß eß der Lumbehund noch 's Maidel wiU verfüere!
'S iſch e=n=unbändji Schand, daß mer eß ſo anſchmiere
Henn lou un bene Kerl ſo lang im Huus henn ghet.
Diß gitt jez in der Stadt ererſt e ſiebis Gſpött;
'S Huus iſch jez verſchimfiert, un unſeri Fammilli
Wo hie vierhundert Johr in Aemtre ſteht un billi
Ebs rechts bebybt, het do e wüleſt's Untäbel gfiſcht,
Wo als nit von eß wegg ken SchüßeUumbe wiſcht,
Un wenn er, Mordgallee! au greeſer wärb, myntwäje,
Aß der Baarfüeßer-Plaz!

Fr. Dorthee (eintretend).

Es heert uf nix. Mit Schläje
Haa i em noch gebraut. 'S iſch ales ains. Do ſichſt,
Was dyni Kinderzucht het gfrucht.

Hr. Starkhans.

Na Albi! Stichſt
Jez wibder ains. Du heſch biß Maidel ufgezaoue.

Fr. Dorthee.

De lüejſt. De heſch mer's nie recht welle-n-anvertraoue,
Heſch nit gerueaut, bis i's in's Stainbal haa gedon
Un bnoh gar uf be Duſch in's Wälſchland.

Hr. Starkhans.

Heer, verſchon
mit dym ſchandli Duen. Loß mi unkeit un ſcheer bi

Mit dym Vorropfes do, du Bumbel, schwey un bschwer di
Als nurr nit imwer mich. De hesch de beste Mann,
Wo merr von hie bis nab in Joland finde kan.

Fr. Dorthee.

Wenn nurr nit 's aye Lob so grooze dät un stinke!

Hr. Starkhans.

Hesch du nit b'Hose=n=an? Geh i derr nit uf's Winke
Un bue, was i derr nurr am Au als an kan sehn?
Kanst saaue, daß ᛫ derr nur ainmol Schmier haa genn?
Hesch de=n=e=n=ainzis Mol von mier e Watsch bekumme,
E Pfumfer nurr?

Fr. Dorthee.

De sottst bi mayer lon usbrumme,
Wyl b' so e Muster bisch. — Dovon redst awwer nix,
Daß b's Geld eso wegschmy'st un wie e blinder Bix
Furt leenst an Lyt, wo di drum bschummle=n=un beluge.

Hr. Starkhans.

Uf biß versteh i mi halt nit, uf's Pfennifuchse.

Fr. Dorthee.

Gelt, awwer Stanges kanst be spiele halwi Dääj
Un uf der Keeselbahn dyn Geld noch alewäj
Durchbuzze=n=un bernoh sor frembi Bluemezimwle
Un stinked Unkrut so un Oftrych, wo merr in Kimwle
Mueß halbe=n=un wo nit emol e Namme het,
So vil verblemble? Hä?

Hr. Starkhans.

Ex! Ex! Retsch furt un red
Un murx, was b'witt. I hez di grad wie unsre Bummer!

Fr. Dorthee.

Un baß b' im große Rooth e Joherr bisch, e dummer.

Hr. Starkhans.

Poz Helke Sabberment! Lytt nit mit bere Glock.

Fr. Dorthee.

Un baß be=n=uf der Pfalz nooch Ꙍ wak wie e Bok
Als stinkst, und dyn Barrik als imwerzwerg hesch sizze,
Un's Jrwwerschläjel glych mit Dinte buest versprizze,
Wenn b' ebbes underschrybst.

Hr. Starkhans.

Haltst jez 's Muul mit dym Gspotts!

Fr. Dorthee.

Daß b' vilmol in der Kirch lutt schnarchst aß wie e Kloz,
Wo durchgsäjt wurd, un bnoh als gluurst uf b'scheene Wywer,
Du alder Sündebok! Gelt, sychst im Accißschrywer
Syn jungi Frau gar gern? Mainst denn, i waiß's nit, ich?

Bryb (eintretend).

Der Roothherr Mehlbrüej loßt ne saaue, daß er glych
Noch zue ne kumme wurd: Si meechte doch ufblywe.

Hr. Starkhans.

Was buet nurr bene jez so spoot noch zue ess trywe?

Bryb.

I waiß es nit. Er will mit Jnne rebbe.

Hr. Starkhans.

Füer

Ne numme zue mer 'nuf. (Bryb geht ab.)

Fr. Dorthee.

I geh au 'nuf mit bier.

Der Bebber wurd doch nix von's Lissels syne Ruppe
Schunn wiße?

Hr. Starkhans.

Kanst biß Dings jez wibber zsamme knuppe;
Dyn Zung isch jo, mier an, wie e Stopfnobel spiz
Un grob noch orowe dryn und räß wi Rebbischniz,
Wo nit recht gsalse sinn. (Gebt ab.)

Fr Dorthee.

I geh au 'nuf in's Stirowel.

(Geht ab.)

Fünfter Auftritt.

Lizenziat Mehlbrüej. Christinel. Gläsler. Bryb.

Lizenziat (das Schnupftuch vor dem Gesicht, die Kleider und die
Hände etwas beschmutzt, wie Jemand, der in der Straße gefallen ist,
tritt ein, gestützt auf Gläsler und Christinel).

A pong Thiö! Was isch mier's doch so bootsterwesirowel!
Genn gschwind e Sessel her, daß i e bessel siz,

Un lüfde b'Stub; err sehn, was i ains sey'llecht schwiz.
Pong Thiö! Myn Schwais isch kalt, ier liewe Lyt, gehn
spüere!
'S isch halt der Dootesschwais. Soll i's denn so verliere,
So blubb elendigli, myn arms, jungs Lewe schunn!
Ach, liewer Gott! Wenn i nurr morje noch sych b'Sunn,
Daß i nit z'Nachts verschaid: i förcht mi so im Finstre.

Christinel.

Na, schamme Si sich doch mit Jere Hirn-Usgspinstre!

Gläsler.

Aer sycht nit us, wee wänn är wott kappores geh'!

Lizenziat.

Parthong! I gspüer's, es isch mer so ganz winn un weh.
Si sinn, die Schindersknecht, zue wüest mit mer umgange;
I haa gewiß im Lyb ken ganzi Ripp. Sehn, lange
Mer dert de Schwamme her un syfre mer z'erst b'Händ
Un's Gsicht.

Gläsler.

Het är bänn nit die Lumbekärl erkännt?

Lizenziat.

Nain, numme drei devon. Der Schuelknecht, der Krummschunke,
Isch ainer gsin, der het nooch Brendewyn so gstunke;
Der wüest Kropfjokel dnoh, der Lohkästreppler drus,
Der het mi streng gewurrjt, un zeller Hunnifueß,
Der Pflunni, wo for d'Lyt im Herbst als Wyßkrutt howwelt,
I haa ne-n-au erkennt, der het mi wüest gezowwelt
Un uf de Bobbe mi hien gschmiße, grad in b'Lach.
Dernoh, mit Stumbe Sail, henn si mer als uf's Dach
Gebrummt, aß wenn myn Kopf so hart wär wie im stainre
Mann syner, un aß wenn i in der Hutt, statt Bainre,
Gußhysemaßle hät. Der ain het mer gar Tritt
Noch genn, der ander hebt, in syne Füst, mi mit
Gewalt am Kopf in b'Heeh, wie wemmerr de Grosvabber
Nim zapt, un loßt mi dnoh hienplozze. I verdabber,
Wenn i nurr noch dran denk. Gottlob, daß b'Noochbre mier
Ze Hilf sinn kumme ball, un glych dernochert ier.

(Christinel und Bryb treten ein.)

Chriſtinel (ein Waſſerbecken in der Hand).

Do iſch friſch Waſſer jez. Bryd, gewe mer de Schwamme.

Lizenziat (den Finger ins Becken tauchend).

Es iſch jo vil ze kalt.

Chriſtinel.

Als ſobbe Si ſich ſchamme!
'S kalt Waſſer iſch ne gſund.

Lizenziat.

Sychſt nit? J ryder jo.
D'Bryd ſoll mi wäſche. Kumm!

(Sie führt ihm den Schwamm ans Geſicht.)

Gib aacht, im Schwamme do
Sinn Buzze, Stainle=n=au, wo mi ganz bluedi krizze.

Bryd.

Der Schwamme=n=iſch halt neu.

Lizenziat.

De wurſt mi noch verſprizze
Mit demm Gelebbers. Druk de Schwamme=n=au recht us.

Bryd.

Genn Si jez d'Händ nurr her. Herr Jeh! Diß iſch e Gruus,
Was die voll Unroth ſinn!

Gläsler.

Wo ſinn See dänn o' gſtonde,
D'Beeswichter? Im ä Schlupf?

Lizenziat.

Si ſinn bym e Bekannde
Gewiß verſtekelt gſin, ganz hart am Kazzeſtäj.
Denn wie i geje d'Kirch bin gange myne Wäj,
Se henn ſi mi gedrukt in ains von dene Schlipfle,
'S wurd's Sternegäßel ſinn, for uf mi lozzeklipfle
Wie uf e Dirkedrumm.

Chriſtinel.

Henn Si denn um de Stof
So ſpoot noch welle gehn in Jerem Lychderof?
An d'Kädderyne=Bruk wärd jo ier Wäj z'erſt gange.

Dert isch's nit ghy'r. **Waist nit?**

Lizenziat.
Gläsler.

Was zäll buet aabelange,
Diß gloib i nit.

Chriſtinel.

Dernoh zuem Karbinals-Gebäu,
Grad durch b'Mablenegaß.

Lizenziat.

Dert geh i nie verbei
Z'Nachts. Dert gehn zway erum in lange, whße Mäntle.

Chriſtinel.

Inoh uf be Gartnersmärt.

♦   Lizenziat.

By zelle Kryttlersſtänble,
Am Umgelb, lauft jo z'Nachts e ſyr'jer Mann erum.

Chriſtinel.

Dernoh durch b'Schloſſergaß an b'Münz un berte 'num
Uf b'Marbersbrul.

Lizenziat.

Dert ſtehn als whßi Kloſterfraue,
Die gewe-n-aim e Prys Duwal un krazze b'Aue
Aim us, wemmerr nigglych ne von ne nemme will.

Chriſtinel.

Uf's Pleenel geht's bernoh, un by ber Dinſemüel
In's Pflanzbad nyn.

Lizenziat.

Daß ich als zelle Wäj z'Nachts nimm
Wurr gehn! Dert het mi jo e Gaiſt emol ſo grimmi
Gedäſcht; er het usgſehn aß wie e Müelburſt whß
Schloßkrybewhß.

Gläsler.

Gitt's viel ſo Gſpängſter hie?

Lizenziat.
Gewiß.

Diß kummt von Kleeſtre her un Ritterhyſre-n-albe;

'S het gar viel hie so ghet. Do isch's nit uszehalbe,
Wenn sie ier Zyt als henn; am Faßnacht fra, bo isch
Ken Blywes in der Staht. Do fahrt e ganzer Wisch
Von beese Gaistre⸗n⸗als mit viele baufig Heze
Us de Kämminre nus, daß merr st noch heert greze,
Wenn si schunn, waiß wie ryt, hoch   de Lüfde sinn.
'S isch mer e Kryz, daß i e Faßnachtskind so bin,
Do sych i, laiber, hell als bene Sabbans Greauel,
Erkenn glych 's syri Kalb un jede schwarze Beaujel,
Wo e Hez drinne stett, 's Stadtbier un's Wüedebeer
Un 's Rössel mit drei Bain, wo als vom Dunggeweer
Naa raßt bis an de Kran.

                    Gläsler.
                    Diß si' so Kinderethe,
Wo är im Kopf het bo.

                    Lizenziat.
                    Duen Si mi so nit bschreye,
Sunst gitt's e⸗n⸗Unglück noch! — Herr Jeh! Was spüer i bo
                    (An die Nase greifend).
J bluet jo us der Nas. Ach pong Thiö!

                    Gläsler.
                    Zäll isch jo
Rächt gsund. J will bo drus e⸗n⸗Erkle gschwind 'ryhole.

                    Christinel.
Do henn Si myn Nasbuech.

                    Lizenziat.
                    'S brennt mi wie fyr'ji Kohle
Jm Kopf.

                    Gläsler (einen kleinen hölzernen Zuber bringend).
                    Do lon See norr ier Bluet rächt rysse dry'.
Wee⸗n⸗i no' klain bin gsi', wänn mer als d'haime Schwy'
Gmezt hänn, so haa⸗n⸗i oi als 's Erkle derfe hewwe,
Wo's Blued dry' gsange word, for Würst.

                    Lizenziat.
                    Si häbbe⸗n⸗ewwe
Nit rebbe solle so. Sche n' swi ba ung Goschung.
Bryd, ruefe d'Jumfer Liß.

Bryb.

Die wurd glych uf em Sprung
Sin, for eraa! Si leyt schunn lang dief in de Febbre.

Lizenziat.

Se wekke si.

Bryb.

Ha jo! Was bät b'Rothherre wettre!
Was benke Si!

Lizenziat.

J meecht's noch ainmol recht sehn an;
Es soll au noch von mier de letste Syhzer han.
Der'twäje haa i gsait, merr soll mi doher füere . . .
'S wurd mer als ärjer weh.

Christinel.

Na, na, se lammebiere
Si doch nit so.

Lizenziat.

Pong This! Was haa i Angst e Bang.
Gehn stryche mer ebs an . . . Henn err kenn Lobblewang,
Ken ungrisch Waßer? Ach!

Gläßler.

Ae Knowlizeh, ä Zimwel
Wärd besser.

Lizenziat.

Nong! Nong! Nain! Do wurd's aim jo schunn iwwel
Vom Gstank.

Bryd (ihm aus einer Flasche etwas auf ein Schnupftuch gießend).

Do schnuufe Si e Bissel Eßi yn.

Lizenziat (das Schnupftuch vor das Gesicht bringend).

Puh! Was isch der so scharf. Gehn wegg, biß isch e Pyn:
Holzäpfeleßl isch biß jo.

Bryb.

Nain, 's isch Burgunder.

Lizenziat.

Jez libfe mi, ier Lyt, un mache, daß i 'nunder
In's Pflanzbad haim kumm. — Bryd, sych ob die Vorbeschees

Do isch, wo i haa bstellt im 'Ryngehn; denn i geh's
Myr. Lebbaa nit ze Fues. (Christine und Gläsler heben ihn vom Sitze,
auf welchen er sich wieder zurücksinken läßt.)

Herr Jeh! Jez gsych nurr, b'Knoche

Versaaue mer de Dienst . . . O weh! Erzwaty gebroche
Jich mer der Rükgrob gar . . . Ze genn als Pfulwe her
Un bitschle mi brinn yn, daß i doch nit so schwer
Geplozt wurr unberwäjs.

Gläsler.

Soll i See haime begleite?

Christinel.

Diß wärd recht brav.

Lizenziat.

J nimm's als an mit Dank un Fraibe.

D'haim saa i, daß merr gsych holt be Balwieter doch,
Un be Herr Pfarrer au, un be Nobbarjes noch,
Daß i myn Teftement als hinnicht mach. Bedenke
Will i, Christinel, dich, un Jnne-n-au ebs schenke,
Herr Gläsler.

Bryd.

Drusse finn die Borbscheesmänner fez.

Lizenziat.

Na! Helfe mer frisch uf, daß i mi guet 'nyn sez
Uf b'Pfulwe bo. Jer müe'n au bene Männre saaue,
Daß si mi jo doch nit am Kazzeftäj hientraaue,
Von wäje-n-'m Jumfrekiß, wo gar vil Gspenster siun;
Au inwer b'Schindbruck nit by der groß Mezzi hien,
Dert isch z'Nachts e Gebrüels, daß merr's nit an kan heere,
Un jo nit an d'alt Pfalz.

Christinel.

Lon Si bie Lyt gewähre,

'S wurd Jnne nix laids gschehn, Herr Pfedder. Na, guet Nacht

Lizenziat.

Pongswar, ma Filch. Allong! (Wird von allen dreien gehoben.)

Na, na, genn numme-n-aacht.
(und abgeführt.)

Sechſter Auftritt.

Hr. Starkhans. Hr. Mehlbrüej.

Hr. Mehlbrüej.

Jez, Vebber, was iſch jez! J wurr noch ganz zuem Narre.

Hr. Starkhans.

Wo fehlt's em, daß er mi anklozze-n-un anplarre
So duet aß wie e Kue e Schy'erbor, e neu's!
Er ſycht ſo gſtubbiert us! Was het er denn?

Hr. Mehlbrüej.

J ſcheu's
Ze ſaaue, was es iſch; 's buct mer zue arj uffſtoße,
'S wendt mi um wie e Sak. Daß de meechſt verrowoße,
Du Haidetremmel du!

Hr. Starkhans.

Verzwazz'l er nurr nit bik.

Hr. Mehlbrüej.

Jez denk er, Vebber, nurr, myn Bue, der haillos Strik,
Will jez ken breeſel nix von dere Hyroth wiße
Un will ſyn Liſſel nit.

Hr. Starkhans.

Was? Diß iſch zuem Verſchieße!
Poz Herkeleß! Poz Gift! Un Er lybt noch ſo Dings?

Hr. Mehlbrüej.

Daß i's gewiß nit lyb! Er kennt mi nit. J zwing's
Als mit demm Lubbel noch.

Hr. Starkhans.

Diß ſinn Uffitiſbereye
Von beeſe Lyt, wo morn eß welle b'Fraib verheye.
Myn Liß het's au ſchunn gheert, daß ſyn Sohn Faxe macht,
Do duet's jez au, aß ob's nit wott. Doch inwer Nacht,
Wenn's es verſchloſe het, wurd ſich's ſchunn anderſt bſinne.

Hr. Mehlbrüej.

Was Er mer do nit ſaat. J bin's doch worre-n-inne,
Hyt Nohmedaa. Drum wärd, mier an, myn Mainung halt,
Mer bruche-n-Er un ich enandernoh Gewalt.

Hr. Starkhans.

Myn Maidel, biß mueß dran; doch wenn syn Sohn will huufe,
Se soll es ainewäj 's Bad nit elain ußsuffe.

Hr. Mehlbrüej.

Do batt ken Huuses nix, er mueß, der groß Tripstrill.

Hr. Starkhans.

Het er's Jmm denn au gsait, wurrum er jez nimm' will?

Hr. Mehlbrüej.

Nain. Er het hoch gedon un het mer gsait ganz trukke,
Daß er ganz anderst denkt, sich ken Frau loßt ußbukke,
Wo er nit selbst ußsuecht, un daß er ehnder wegg
Von hie in's Dytschland giengt.

Hr. Starkhans.

Poz Kruttsalad un Spek!
Der Sohn isch majereen, do buet biß Dings doch lapple.
Heer Er, merr gsycht's gerait, by demm Mensch mueß es rabble
In sym Hirnkaste drinn. Der Schußel isch gstubbiert,
Drum isch er halt e Narr; do wärb's erst angerüert
Myn Lissel. Mit demm Geld, wo es wurd mitbekumme,
Do were Männer noch genue angstoche kumme.
J gib imm Maidel recht, daß 's jez au nimm' will so.

Hr. Mehlbrüej.

Ha, wayer na! Er buet jo stolz aß wie e Pfo.
Mier sinn so rych aß Er, un Maidle wie syn Lissel
Gitt's Bennekärchswys hie. Mier könne-n-ess e Bissel
Meh als uf unsre Sohn hybilde.

Hr. Starkhans.

Bild Er frisch
Sich yn, daß syn Herr Bue gar der Groß-Mogel isch
Un Er myntwäje noch der Basler Lällekinni.

Hr. Mehlbrüej.

Der Hunger redt us Jmm, so kummt mer's vor, als bin i
So gscheid wie Er.

Hr. Starkhans.

By Jmm stekkt der Verstand so wild,
Aß wie bym Engel bert uf's Ochsewirth sym Schild.

Hr. Mehlbrüej.

Er kummt mer als erecht! Er macht's hyt just wie d'Razze
Von vorne schlecke si, von hinde buen si krazze.

Hr. Starkhans.

J wüßt just nit, daß vil an Jmm ze schlecke wär.

Hr. Mehlbrüej.

Dest' meh an Jmm; er isch gar e=n=ungschlekter Bär.
Sinn d'Mukke hungri, halt, ze byße si wi wüebi;
E Huen wo alsfurt gart, bie isch schunn halwer brüebi;
E dirri Wesp sticht meh aß wie e sebbi; Lyt,
Wo ungscheib sinn, henn glych mit andre Zorn und Stryt.

Hr. Starkhans.

Wesp hien, Wesp her; syn Sohn kriejt erst jez nit myn Lissel

Hr. Mehlbrüej.

Jez sinn halt d'Trywel suur, wyl si im Fuchs e bissel
Ze hoch stehn an der Held.

Hr. Starkhans.

Er kriejt si nit, syn Sohn.

Hr. Mehlbrüej.

Er will si selwer nit.

Hr. Starkhans.

Er kriejt si nit.

Hr. Mehlbrüej.

Dervon

Blyt er von selwer jo.

Hr. Starkhans.

Er kriejt si nit.

Hr. Mehlbrüej.

Na, Vebber,

Guet Nacht. Er isch hyt ganz verlecht im Kopf.   (Geht ab.)

Hr. Starkhans.

Als rebb Er,

Mier an, sich grüen un gehl. Er kriejt si nit; 's isch us.

(Geht ab.)

9

Siebenter Auftritt.

Fr. Dorthee. Fr. Rosine.

Fr. Rosine.

Myn's Mann's Stimm isch diß gsin; do isch er glauw' i nus.

Fr. Dorthee.

Si sott sich schamme, Sie, daß Si em b'Stang duet halbe.

Fr. Rosine.

Myn Sohn isch ken Bue meh: i loß ne selwer schalde.

Fr. Dorthee.

Er het doch b'Bueweschue nonnit verloffe=n=als.

Fr. Rosine.

Was, der Wolfgang? Ha, na! Si lüejt in Jere Hals.

Fr. Dorthee.

E rechber Liftling isch der Büecherschaftphillister.

Fr. Rosine.

Standare=n=un ken End! Er isch jo schunn Magister.

Fr. Dorthee.

Zell isch mer ainerlay. Isch's dorum, daß er b'Nas
So hoch uf ainiol traat un b'Liß nimm will, Frau Bas!

Fr. Rosine.

Es will jo Inne nit.

Fr. Dorthee.

                  Drum het's halt gschmelt de Lunde.

Fr. Rosine.

Nain! Diffesil isch's, 's het ebs besseres gsuecht un gfunde.

Fr. Dorthee.

So guet wie Jer Herr Sohn het's als noch b'Wahl, wie's
                                              isch.

Fr. Rosine.

Scheen isch's doch, werzi, nit. 'Sisch raan, e bissel frisch
Un zimberli un bleeb. Es fernßt eso un wybbelt.

Fr. Dorthee.

Es isch emol wie's isch. E Frau wie es, die schübbelt
Merr nit wie Möllele vom erste Baum eraa.

Fr. Rosine.

So Maible gitt's genue, wo alle=n=andre Daa
E=n=andre welle hann. 'S kann jo de Reinhold nemme.

Fr. Dorthee.

Wenn Si so redt, se sott Si sich in b'Hutt 'nyn schämme,
Daß Si's nurr waiß. Verhunz Si nit my'm Kind syn Ehr!

Fr. Rosine.

Die isch schunn halwer wegg.

Fr. Dorthee.

Ha, jo! Ewwezemär.
Jez gehn der Kaz b'Hoor us. J wurr b'Gebuld verliere!

Fr. Rosine.

Myn Sohn meecht jez Jer Liß nimm' mit der Kluft anrüere,
So isch sie em verlaib.

Fr. Dorthee.

Guet Nacht, Frau Bas. Sie kan,
Wenn Si noch will, elain, do lästre was Sie maan.
J wünsch glückselji Rueau.

Fr. Rosine.

J will Si nit uflenze,
Frau Bas, i geh. Guet Nacht! (Geht ab)

Fr. Dorthee.

Diß isch jo zuem Verschlenze,
Was merr erlewe mueß in dere schebbe Welt!
Do isch jez morje nix, un all diß scheeni Geld
For diß vil Ehe=n=isch zuem Fenster grad nus gschmiße!
Do mueße mer, halt, morn elain diß Dings genieße
In unserm Garbe drus!... Wenn nurr von Jrwerrhyn
Der jung Herr Pfarrer kummt, daß er my'm Mann scheen syn
Zueredt, diß Wurrwerk kinnt ne sunst strumwlos noch mache.
Daß sich jez die Barbie verschlaat!... J meecht verkrache

For Gift. Der Wolfgang bo, der Dalwatſch, wurd ſo rych
Emol! . . . J haa gebolt, daß i nit uf em Schlych
Gebliwwe bin . . . Po was! Als blyw i nit drinn ſtelle
Un wurr my'm Maidel ball e-n-andre Mann her hääle.
Wenun's Glück wohl will, dem kalbt ſyn Schleejel uf der Büen,
Un im e Beſerys fahrt zeller iww'r de Rhyn. (Geht ab.)

Fünfter Aufzug.

Oeffentlicher Platz.

Erſter Auftritt.

Wolfgang. Reinhold.

Wolfgang (ſeinen Freund umarmend).

Nun da du, leicht und ſchnell, was du gewünſcht, erſchwungen,
Iſt mir mit gleichem Glück der ſchwere Wurf gelungen.
Soeben iſt von dort zurück mein Vater hier
Und überbrachte, froh, der Worte ſchönſtes mir.

Reinhold.

Nie zweifelt' ich daran! Es konnte dir nicht fehlen.

Wolfgang.

O doch! ich burfte kaum auf dieſen Ausgang zählen,
Wenn Herr Stettmeiſter nicht ſo eifrig ſich für mich
Verwandt und, eblen Ernſts, dem Vater feierlich
Mein Recht auf freie Wahl mit Kraft bewieſen hätte
Und mit dem Pfarrer noch, der auch hier war, zur Wette
In der Geliebten Lob von Herzen eingeſtimmt.
Dies ſchmeichelt plötzlich ihm und rührt, ſo ſehr ergrimmt
Er geſtern ſpät noch war, ſein Herz. Und dann, als beide
Die Hand ihm drückten, kannt' er ſich nicht mehr vor Freude,
Und eine Thräne quoll ihm aus dem Aug hervor.

Reinhold.

Lieh' dir die Mutter nicht zuerst ein günstig Ohr?
Mit Achtung hört' ich sie so oft von Klärchen sprechen.

Wolfgang.

Gewiß! Sie wußte fein und klug die Bahn zu brechen
Und überwand zuvor des Vaters Geldstolz ganz.

Reinhold.

Mit Recht gelang es dir, zu winden deinen Kranz,
Da du mir sorgsam halfst, den meinen fest zu flechten!
Du hattest viel für mich zu habern und zu rechten,
Bis ganz die Tollheit sich des Irrtums aufgeklärt?

Wolfgang.

Gleich eilt' ich fort von Haus hin zum Fiskal, begehrt'
Den Steckbrief selbst zu sehn, der dich so schlimm geschildert,
Und als ich wirklich ihn gleichlautend fand, so mildert'
Durch freies Leugnen ich des Mannes Droh'n und Schrei'n
Und flößt' ihm endlich gar noch ein'gen Zweifel ein.
Somit versprach er mir Aufschub zum nächsten Morgen,
Und heute früh ward schon dein guter Ruf geborgen.
Denn schon um sieben Uhr fand auf der Stadtkanzlei
Mein Freund, der Aktuar, daß fehlerhaft, untreu
Des Steckbriefs Abschrift war: für B a r m e n las man Bremen,
Und Reinhold für S t e i n h o l b. So mußten sie sich schämen
Die Herren, zumal da mir der eine keck bewies,
Es sei im deutschen Reich kein Ort, der B a r m e n hieß,
Deßwegen durfte man durchaus nur B r e m e n lesen,
Er wiss' es, denn er sei in Bremen einst gewesen
Und kenne diese Stadt. Die deutsche Zeitung kam
Zu rechter Zeit, den Brief enthaltend, und benahm
Den letzten Zweifel noch den Leuten.

Reinhold.

Laut gepriesen
Sei ewig, Freund, die Treu', die du an mir bewiesen!

Wolfgang.

So hättest du gewiß dich auch für mich verwandt.

Reinhold.

Auch daß die Unbill mir nicht eher ward bekannt,
Als bis du sie zerstört, dank ich dir Freund, von Herzen.
Gott! Reizbar wie ich bin, wär' ich vor Wuth und Schmerzen
Vergangen!

Wolfgang.

Hatt' ich nicht dafür auch den Genuß,
In deiner Freundin Haus, wo quälender Verbruß
Und Unmuth herrschten, schnell das Glück zurückzubringen?

Reinhold.

Es wirkte dein Besuch das leichtere Gelingen
Des Antrags, dem, bestärkt durch meines Vaters Brief,
Der Rathsherr gleich willfuhr. Gerühret war er tief,
Als er der Tochter Hand dann in die meine legte,
Und sich die Zärtlichkeit des Vaterherzens regte.
Er weinte wie ein Kind, umarmte mich und drückt'
Mich heftig an die Brust. So selig, so entzückt
War ich noch nie. Es weint' die Mutter selbst vor Freuden,
So kalt sie sonst auch ist. Erröthend schwieg bescheiden,
Mit engelgleichem Reiz, mein Lieschen, und ihr Blick
Verkündigte mir hold der Gegenliebe Glück.

Wolfgang.

Somit wird allsobald, draus in des Rathsherrn Garten,
Der Stunden herrlichste besel'gend uns erwarten:
Denn es ist ausgemacht, daß die Verlobung dort
Gefeiert werden soll.

Reinhold.

Vortrefflich ist der Ort
Geeignet zu dem Fest... Ich eil', mich umzukleiden,
Nach Haus.

Wolfgang.

Und ich auch muß noch manches vorbereiten
Um eilf Uhr stellt man sich im Garten ein. (Gehn beide ab.)

Zweiter Auftritt.

Mehlbrühs Wohnung.

Hr. Mehlbrüej. Fr. Rosine.

Hr. Mehlbrüej.

Es isch

Mer doch jez lycht. Was mainst?

Fr. Rosine.

Mer sinn e ganze Wüch
Verdrießlikaide bo los worre, un bernewe
Hemmer im Sohn sy'm Glük e guede Schubser gewe.
Aß wie e Beaujel jez im Hansioot isch der froh.

Hr. Mehlbrüej.

Gebubbelt hät mer's nie, daß der Stettmaister so
Erzezli vil sich duet us unserm Wolfgang mache;
Er isch em, myner Seel, ghäb dik an's Herz gebache,
Wie Scherret an e Pfann. Diß isch e-n-Ehr, Rosin'!

Fr. Rosine.

Diß wiße merr schunn lang. 'S het als von Zwerrhhu
Der alt Herr Markgrof nit for nix ue nemme welle,
For ne-n-in Karelsrueau aß Helfer anzestelle.

Hr. Mehlbrüej.

Zell isch e braver Herr, der best, wo's briwwe gitt.

Fr. Rosine.

Do hesch di au verschirpst, daß de niemole nit,
Was i derr als haa gsaid vom Klärel, hesch anheere
Nurr welle.

Hr. Mehlbrüej.

Haa i's denn geträumt, daß 's so in Ehre
Bym Herr Stettmaister steht? Denk, Rosin', er het gsait,
Wenn er e Sohn dät han, ze miechdi's imm d'greest Fraid,
Daß es syn Sohnsfrau würd, so duet er's estemiere;
Drum will er's selwer au by syure Hochzyt füere.

Fr. Rosine.

Will er Bruttsüerer sinn? Ha waher, wott e-n-Ehr!

Hr. Mehlbrüej.

I saa's, jez isch mer's lycht. 'Sisch mer unbändi schwer
Im Maaue gseße drinn wie zeh' Kummißbrodmitschle,
All diß Gschlammaßels ...o. I ließt mi ehnder bitschle
In's Dootelynbuech nyn, aß daß i noch emol
So Dings erlewe meecht.

Fr. Rosine.

           Der Starkhans het wie doll
Gest Nacht gebon, un d'Frau isch schier gar worre wüebi.

Hr. Mehlbrüej.

'Sisch Mißverstand halt gsinn, dnoh hemmer au ebs siebi
In's Glas geguft nyn ghet. Drum het ess au so lycht
Der Lizeziat, der Schebbs, mit zell're Stekbriefsgschicht
E Bäre-n-angschwaißt noch... Wohr isch's, i hät gern 's Lißel
For d'Sohnsfrau ghet. Die Lyt sinn sträfli rych.

Fr. Rosine.

           E Bißel
Meh obber wenjer isch all ains.

Hr. Mehlbrüej.

          Ehja, wo vil isch
Soll au viel hien, dofor isch's Geld gemacht.

Fr. Rosine.

        De bisch,
Wemmerr bi heert eso, e rechder Stekkelburrjer,
Mainst, 's Geld macht ales us. Henn denn die Geldsäkwurrjer,
Die Gyzhäls, um e Hoor meh Fraid un Glük un Ehr
Aß andri? Sait nit d'Schrift, daß durch e Nodelehr
'S'erst e Kameel dät gehn, eh daß e ghzier Rycher
Nyn in be Himmel kämt. Haißt's nit noch...

Hr. Mehlbrüej.

         Zell isch sicher,
Daß b'birwelfest bisch, Frau. Nurr nigglych so getruzt!

Dritter Auftritt.

Die Vorigen. Fr. Prechtere. Klärel.

Fr. Rosine.

Jer Dienere, Frau Bas! Herr Jeh, wie scheen gemuzt
Isch's Jumfer Bäsele! Ha, na ... Sie, liewer Engel!
Un wott e Stryßele! ... E Bummeranzestengel,
E Reesele-n-un noch e Dreifalbikaitle gar!

Fr. Prechtere.

A, Si vexiert, Frau Bas.

Hr. Mehlbrüej (beiseite).

Myn Sohn isch als ken Narr;
Si isch zuem Freße scheen, un hät si Späne numme,
Se wärd si b'scheenst von hie. (Laut.) Willkumm, Frau Bas!
Willkumme,
Liebs Bäsele, Si sinn zue nett hyt. Kumm, Frau, sych.

Klärel.

Wenn ich ne gfall, se-n-isch's e großi Ehr for mich.

Fr. Rosine.

Was diß Halsschnüerle sinn von Berle-n-un Grannade!
Un e-n-Anhenkerle! ... Ha jo! Us wellem Lade
Kummt diß nett Kryzzele? 'Sisch neu.

Klärel.

'Sisch e Breßent,
Frau Bas, von Jerem Sohn.

Fr. Rosine.

Was glizzert do un blendt
Diß liewi Ringele! ... Diß isch e scheens Deemändel!

Fr. Prechtere.

Der Babbeseeli het's em gschenkt.

Hr. Mehlbrüej.

Daß Si am Bendel
Schunn lang henn myne Sohn, zell wundert mi jez nimm',
Liebs Bäsele, so gscheid, so artli un so schlimm
Sinn wenni Jumfre hie. I haw e Fraid an Inne.

Klärel.

J wurr myn meejlifts buen, Jer Fryndschaft ze gewinne.

Fr. Rosine.

Die henn Si schunn, liebs Kind. Si were mit 'em Sohn
Gewiß recht glückli sin; d'Frau isch im Mann syn Kron,
Sait d'Schrift, un er bekummt gewißli d'scheenst von alle.

Fr. Prechtere.

Myn Dochter isch, Frau Bas, au guet un glückli gfalle.

Klärel.

Herr Vebber, saaue Si, isch der Herr Lizeziat
Doch beßer? Denke Si, merr het gsait in der Stadt:
Sie warde-n-em uf's End.

Hr. Mehlbrüej.

                        Gspäß! Er wurd ball herkumme
Es henn ne d'Lumbekerl so scharf nit mitgenumme;
Si henn ne glych erkennt, wie sie ne-n-angepakt
Henn ghet, un wie sie ne henn uf de Bodde gsackt,
Un er gebrüelt het druf aß wie e Kalb, se henn si
Glych Bech genn.

Fr. Prechtere.

                Ey se schlaa! Was d'Lyt doch immerenzi
Glych lükeje! Si henn gsait, daß si ne henn gemördt
Un d'Klaider imm vom Lyb geriße-n-un gezerrt
Un sajelaket ne henn leye lon.

Hr. Mehlbrüej.

                            Es sizze
Schunn zway von dene Kerl, un's Verwel mueß Geld schwizze
Dervor. 'S het si ufgstift, for de Herr Reinhold do
Ze haue; dorum isch der Lizeziat eso,
Grad wie e Hund zuem Tritt, zu dere Brendsupp kumme,
Wyl si de dumme Blebs for zelle henn genumme.
Es fehlt em wydderst nix, aß daß er gfalle-n-isch
Un sich ebs gstoße het.

Fr. Rosine.

                        Geh, Alber, mach, de bisch
Nonnit gerüst for nus, sunst machst ess noch lang warde.

Hr. Mehlbrüej.

I geh. Füer zibber b'Bas un 's Bäsel in be Garbe.
(Gehn alle ab.)

Vierter Auftritt.

Lizenziat Mehlbrüel (allein).

Lizenziat.

Der Reinhold isch, sche bi, i saa's, doch gar ze guet.
I haa gförcht, daß er mer ebs so am Lewe buet —
Porrkwa, wurrum? Merr het's mit dene fremde Michle
Glych bik verschütt, wuoi, wuoi. Die zaiche=n=ieri Sprüchle
Aim mit Bleaumol uf b'Hutt, mit Byle=n=an de Kopf
Un wurje=n=aine=n=als no' stundelang am Schopf.
Der awwer, wie i em do ewwe bin bekummc,
Isch fryndli mit mer gsin, sche bi. Er het mer numme
Ain truzzechts Wördel gsait; Mein Herr, Sie habenn sich
Versündigett an mir, beßwegenn fordree ich
Sie züm Düell heröus, öuf Schießenn oder
Stechenn.
Her Jeses, saa i, nain! Nurr nix eso! Versprechenn
Sie mier demnach, saat er, daß Sie Ihr Päthchenn
guet
Öusliefrenn. Well's bervon soll's sin, saa i; mier buet
Zell nix. 'S Afforel isch als 's scheenst, wenn Si biß welle?
Sind Sie, gryscht der druf, taub? Ich sag' die Path'!
Poz Hölle!
Saa ich, e Bab? Pong! Doch ken kalts? Was, brüelt der, wie?
Jer Göbbelkind main i, d'Christin', verstehn Si mi?
Gummnang? Si kinne scheen stroßburjerisch so rebbe?
Saa i zue'm, haa i gsait, Mongsjör, merr bät jo webbe,
Si sinn von hie . . . D'Christin' ußstyre? Pong, biß kan
Als gschehn. Doch wärd mer's lieb, der Gläsler würd ier Mann:
Er het mi haimgsüert gest, isch by mer z'Nachts gebliwwe
Un het mer, saa i, d'Angst for Gspenstre noch vertriwwe:
Er un der Pfarrer au henn mer buoh lang am Vell.

Wyl i nimm ganz jung bin, 's Hyroobe-n-usgeredt,
Un i haa druf im Traum e Zaiche kriejt. Wir könnenn
Nicht beßerr einig seyn, saat er, es ist zu gönnenn
Dem Gläßler, daß er bald ein hübsches Weib-
                     chenn finb'.
Bong, saa i, haa i gsait, i sorj jez for biß Kind:
Zway Kabbebälele haa i grab frei bhaim leye,
Saa i, die sinn for es, wenn Sie mer nurr verzeye.
Druf het er mer, un gar ze grybbi, b'Händ gedrukt,
Do haa i awwer gschwind b'Manscheede 'nuf gebukt,
Sunst hät er si verknetscht ... Jez kan i si vergeße,
Die Gschicht von gest ... Wohr isch's, i haa ze vil z'nachtgeße.
Dol, Strywle-n-un Basteet, un au geblose vil;
Doher die Dootsangst halt, un myn Gejeel un Ghyl,
Wie i in dere Lach gekalwert bin, un wie si
Mi pfutschnaß furtgfüert henn, un ich als Syfzer, Iysi,
Haa gehn lon, ungezahlt wie b'Nachdigall, wo b'Schof
Im Hirde-n-uf der Waid weggfrißt ... Es isch e Strof
Gewißlt gsin, wyl daß i vorgest b'Eyerschaale
Ganz haa gelon am Disch, sämwrä. Do sinn von ale
Vier Winde b'Heye halt berzue; i haa's glych gspüert.
Was Kazze sinn glych druf im Huus rumkallebiert!
Die alt Kothschyslere, biß laidi Höllemuster.
Isch au mit gsin ... Wer kummt? ... J gylkel un in luster ...
Myn Vebber isch's ... Schmangwäh.   (Schnell ab.)

•

Fünfter Auftritt.

Starkhans' Landgut außerhalb der Stadt.

Hr. Starkhans. Fr. Dorthee.

Hr. Starkhans.
                     Sizt myn Barrik erecht?

Fr. Dorthee.
Just wie sich's gheert. De bisch frey scheen, du alber Specht.

Hr. Starkhans.
Der Brief, i saa's, Dorthee, i gäbb ne for e Hysel
Nit her. Diß isch e Brief! E jed's Wort isch e Viesel

Drinn werth. Was hochgstubbiert mueß der alt Reinholb sin,
Daß der so schrybt! 'S het vil labbin'schi Brokke drinn,
Un b'Halbschaid isch franzeesch, drum kan i's au nit lese.

Fr. Dorthee.

De bisch doch lang genue im Welschland drinn gewcßc.

Hr. Starkhans.

Hochwohlgebohre het er mi im Brief titliert,
Un dich Gemahle. Zell hesch doch nit mellediert:
Bisch nurr e Frau, un noch derzue e rechbi beesi.

Fr. Dorthee.

Als bin i nit wie du so stebbi un so steeßi.

Hr. Starkhans.

Was mi am maiste frabt, isch, daß der alt Herr saat,
I bin au e Jurrist wie er.

Fr. Dorthee.

                                 De waisch, was grab
Un ungrab isch, wo vil Herriste zell nit wiße.

Hr. Starkhans.

Jurriste saat merr.

Fr. Dorthee.

                     'Sisch all ain's, i wurr mer nit
For frembi Wörtle so 's Muul sperre-n-ale Ritt.

Hr. Starkhans.

Un was der jungi Mann waiß aine-n-ynzenemme!
Wie er isch kumme haim, hät i mi meeje schämme
In de-n-Erdsbodde nyn, so dief aß was e Has
In simwe Johre lauft.

Fr. Dorthee.

                        Der Reinholb isch, i saa's,
E rechber Ehremann; gewiß wurb's Maibel glükli.

Hr. Starkhans.

Un es verdient's, 's lieb Kind. Hät i nurr nit unschikli
Mi ufgfüert mit em nächb', zell griwwelt mi un reut
Mi kezzerli un isch mer in der Seel drinn laib.
Mer henn halt vil gelipft by's Mehlbrüejs gestert Owes,
Un myn guet's Lissele, wo nix verdient aß Lowes,
Haa i wie e Hanstrapp angschnurrt un angschnaut wild!

Fr. Dorthee.

Zell isch be Maidle gsund, wemmerr si zankt un schilt.

Hr. Starkhans.

I haa's au nit gewißt, daß 's Reinhold syn Herr Babber
Rothherr in Breme·n·isch — si haiße's dert S c n n a b e r.
Dnoh isch er Dokter noch im Recht, un maint i bin
Au ainer . . . Denk, bo bätst du e Frau Doktre sin,
Du albi Strubblere.

Fr. Dorthee.

Was mier au gfallt bernewe,
Isch, daß er's dobbelt will sym Sohn in b'Eh mitgewe,
Aß mier im Liffel genn, wo er's doch nonnit waiß.

Hr. Starkhans.

Daß iwwernacht biß Dings glych widder in's recht Glaiß
Nynkumme·n·isch wie gschmiert, zell frait mi jez unbändi!
Un daß der Wolfgang au biß bildschcen un verstäubi
Un erwer Klärel kriejt! Die sinn enander werth.

Liffel (eintretend).

To bin i, Babbe, jez, gemuzt, wie Er's begehrt.

Fr. Dorthee.

Halt bi doch grad un gautsch di nit so schebb un laibi.

Liffel.

I zay imm Babbe jo myn Klaib. (Fr. Dorthee geht hinaus.)

Hr. Starkhans.

Kumm, Engel, zay di.
Kumm, be bisch lieb un schcen. Kumm, gib du mier c Schmuz.
So, Herzele, du bisch myn Dochter. Gelt, i truz
Nie als mit dier? Jez saa, wie ich derr's denn, du Späzzel?

Liffel.

I bin so froh!

Hr. Starkhans.

Bisch froh? Ich werli au, myn Schäzzel.
De bisch myn ainzii Fraid. Gelt, hesch mi au lieb, gelt?

Liffel.

Vil liewer aß mi selbst un ales in der Welt,
Un b'Mamme·n·au.

Hr. Starkhaus.

Ȝ kan mi gar nit satt ergulle
An bier, so scheen bisch hyt; ȝe boot kinnt i di brulle
Vor lutter Lust un Fraib. Lebbi myn Babber nurr,
Daß er di au kinnt sehn, un b'Mueder! . . . Sych, ich wurr
Betrüebt, wenn i dran denk . . Die brave Lyt! Ȝer Säje
Ȝsch mer gebliww'n un het uf ale myne Wäje
Mi bschüzt . . . Schau, wenn i will, i sych si Daau un Nacht
Mit ierem ehrlje Gsicht un ierer albe Tracht.
Ken Falsch isch in ne gsin, un unser Herrgott het si
Gewiß belohnt derfor, un manchmol se-n-ergez i
Mi bobran, daß i denk, baß i ball ȝue ne kumm.

Lissel.

Nain, Babbe, Er soll erst lang lewe.

Hr. Starkhans.

'S trybt erum
Aß wie e Müelrad gschwind biß Lewe-n-un verflakkert
Grab wie e Liecht im Wind. Ȝ haa schunn brav gezakkert,
Liebs Lissele-n-un haa mer's suuer were lon
Un haa mit Wiße nie kem Mensch Unrecht gebon.
Ȝ hab au Unglück ghet, bo het myn Brueberseeli
Mer gholfe ritterli, un was er iwwerzähli
Het ghet, het er mer gschenkt, der liewi bravi Mann!
Daß i ne-n-us em Grab nit mit de Näjle kann
'Rus belwe! Ȝ bät's gern. Er hät nit solle sterwe,
Un 's isch mer ewi laid, daß i ne haa müe'n erwe;
Hät i ne vor sym Doot boch nurr noch ainmol gsehn!
Wenn du jez glükli wurst, myn Lissele-n-un wenn
Der Klain gerooth wie du, will i mi gern au laye.

Lissel.

Reb Er boch nit eso, Er soll sich hyt jo fraye
Un nit betrüebt sin jez.

Hr. Starkhans.

D'Fraid un d'Betrüebnuß isch
Vilmol grab b'nemli Ly'r. Ȝ kinnt for Fraibe frisch
Jez sterwe, 's miecht mer niz.

Fr. Dorthee (eintretend).

I main, die Gutsche kumme;
Merr heert's gerait.

Hr. Starkhans.

Se bly du do. I geh jez numme
Do nus e bissele, for noch elain ze sin.

Sechster Auftritt.

Die Vorigen. Hr. Mehlbräi. Fr. Rosine. Fr. Prechtere. Klärel. Wolfgang. Reinhold. Lizenziat Mehlbräi. Bryd.

Lizenziat (Klärchen bei der Hand nehmend).
Do bring i 're, Frau Bas, 's scheenst Jümferle-n-eryn,
Wo's gitt, sämwrä . . . Pongschuur, Frau Bas.

Fr. Dorthee.

Ey, guebe Morje
Bysamme. Na, willkumm b'ganz Gsellschaft. Bryd, gehn sorje
For Sessel.

Fr. Rosine. Fr. Prechtere (zugleich).
Guebe Daa, Frau Bas. Isch Si wohl uf?

Fr. Dorthee.

Ze biene. (Zu Klärchen.) Ey wott scheen, liebs Bäsele! Ken Guff
Steltt do am leze Plazz Ey lucau! Herr Jeh, diß Klaibel,
Wer het's gemacht, Frau Bas?

Fr. Prechtere.

'S Mattrazzekrazzers Maibel,
'S Lumwisel, wo dert drus by's Zundelbatschers wohnt,
'S schaft in de Klaidre.

Fr. Dorthee.

Isch diß schunn so gschikt? 'S berlohnt
Sich werzi, daß merr's nimmt. Un Er, wie steht's, Herr
Vebber?

Hr. Mehlbräi.
Recht guet, Frau Bas, un Sie?

Fr. Rosine.

Frau Bas, was brächbi Wetter
Isch diß! Si het gewiß recht kräsbi hyt gebet'.

Fr. Dorthee.

So... 'S gruenjelt noch, mer henn halt z'Morjes Räje ghet.

Hr. Mehlbrücj.

Wo isch der Herr im Huus?

Fr Rosine.

Wo isch denn b'Jumfer Lissel?

Fr. Dorthee.

Si kumme glych. Si sinn do etwwe nus e bissel
An's Summerhhjel dert.

Lizenzlat.

Soll i si hohle, wie?

Fr. Dorthee.

Ter Reinhold isch schuun furt, dert hunte kumme si.
Imm Vedder Wolfgang will i au myn Kumblemendel
Gemacht han. Er het do e Jülmferle-n-am Benbel
Wo merr's vom Fischerdoor bis an b'Achträddermüel
Nit scheener finde dät.

Fr. Prechtere.

Frau Bas, Si het ier Spiel
E bissel mit em.

Wolfgang.

Nain! 'Sisch b'völli Wohret, werzi!

Klärel.

Se schweye Si doch still.

Lizenziat.

Säwwrä, 's isch wohr. So herzi
Haa i nonnie, schammäh, ebs gsehn, sche bi, i saa's.

Fr. Dorthee.

Jez nemme Si doch Plaz, Herr Vedder un Frau Bas;
Si traaue mer jo b'Rneau sunst us em Huus. Mer warde
Uf de Herr Pfarrer noch von brinwe.

Hr. Mehlbrüej.

Mit so zarbe
Verliebbe Herre-n-isch Si gern, wie's schynt... Er isch
Halt jung noch, buschberli und zawwlicht wie e Fisch.

10

Fr. Prechtere.

O Jemer, nain! Er sycht verloomt, schna·kecht, mallenker
Schunn lang us, un i förcht, er wurd noch alsfurt kränker.

Fr. Dorthee.

Si het erecht. Der Doot von zellere Person
Stoßt em halt als noch uf, un wemmerr em dervon
E Breesel numme redt, ze·n·ischs e Kazzejammer,
Was er verdrießli wurd.

Hr. Mehlbrüej.

'S isch halt e wüester Krammer
For e Hochzybber, wenn der Schaz stirbt; 's isch ken Freau.
E jeder het syn Kryz; b'Sorj' macht bezybde greau;
Wer in de Keerle sizt, der het guet Pfyffle schnybe;
'S Unglück, wenn's kumme soll, isch hunzschwer ze vermybe;
Vil Hund sinn's Hase Doot, un d'ungezählde Schof
Frißt, wie b'gezählde·n·au, der Wolf; 's Glük kummt im Schloj;
Wenn ainer Hunger het, ze·n·isch em nigguet brebbje,
Un 's isch mer b'Sinn, Frau Bas, der Mann gheert zue de
                                           stebbje,
Wo sich niz saaue lon.

Fr. Dorthee.

                                Verdruß isch halt Verdruß;
Dnoh isch 's Vergeße·n·au vilmol e harbi Nuß,
Wo aim b'Zähn lottle macht, wemmerr si will verkrache.

Lizenziat.

Säwwrä, 's isch wohr, Frau Bas, so Dings isch nit zuem Lache,
I waiß 's, myn Seel, von gest.

Hr Mehlbrüej.

                                Do henn si bi gebritscht,
Du Sybebrybel, gelt?

Lizenziat.

                        Tättwoa, schwey still.

Hr. Mehlbrüej.

                                            Verwilscht
Henn si ne grab, wie er imm Kachlershand syn Schwester,

'S bik Annemeyel, wo e Bukkel wie e Gefter
Im Wämftel rummer ketfcht, entfüert het; gelte, Bryb,
Jer henn's fo gheert?

Bryb.

Jo, jo, Herr Roothher, ali Lyt
Henn's gfait.

Lizenziat.

Was faaft, bu Raß? Daß be verfpoorft, bu Lebber!

Bryb.

D'Lyt faaue's jo, nit ich.

Lizenziat.

Poz Bliz un Haauelwetter!
Wer faat's? I fchlaa ne glych muusboot. Wer faat's, bu Krott?

Fr. Rofine.

Na, buen Si nit fo wücft. 'S ifch jo e Schand un Spott.

Lizenziat.

E Däfch ifch als ken Schmuz, ain Schwalm macht noch ken
Summer,
Der Kienrues färbt nit wyß, e Pfyffer ifch ken Drummer,
Was krumm ifch, ifch niggrab, un niemol helt e-n-Yl
E Zyfel us, be Wolf erkennt merr an fym Ghyl.
D'Gall gitt ken Schlekkel nit, us Wermet gitt's ken Hunni,
Dos fchmekt au nit wie Spik. So Läftermylre gunn i,
Wemmerr fi baizt un falzt un pfeffert un haiß brüejt,
Denn fi finn doch uf niz aß Ribbertracht bemüejt.

Fr. Prechtere.

'Sifch jo nurr Gfpaß gfin.

Lizenziat.

Pong! Do giw i mi zefribbe.

Fr. Starkhaus (eintretend mit Liffel und Reinhold).

Ey, fcheene guede Daa, ier liewi Lyt, mer bidde
Ych um Verzeihung recht ...

Fr. Rofine (zu Liffel).

Liebs Bäfele, Si finn
Scheen wie e-n-Engele! ... Erlauwe Si, Si müen
Sich au ebs bfchaue lon un nit in's Ek fich dußle.

Lizenziat.

Säwwrä! Die Engele, wo in de Wolke wußle,
I main uf Doofle so, sehn ufgedunse-n-us
Un mamficht, un sinn nit, wie Sie, frisch wie e Struß,
Un schmekke-n-au' nigguet.

Reinhold.

Herr Lizenziat, wie leben
Sie heute?

Lizenziat.

Ah Part' ♫. I haa Si nit gsehn.

Reinhold.

Geben
Sie mir die Hand.

Lizenziat.

Die do? was welle Si denn mit?

Reinhold (die Hand ihm drückend).

Auf Brüderschaft.

Lizenziat.

Pong, pong. I sych, Si sinn doch nit
Bees immer mi. I mach ne's Kumblemend mit Fraide
For Jere Marjasch do, er wurd ne nit verlaide,
Jer Brutt isch us em Eff, un Si sinn iere glych;
E Krabb sizt bym e Krabb, der Staar fliejt mit em Strych.
Sie baidi sinn verliebt, un kain's gheert zue de-n-Albe;
Het's Bier emol e Stich, se loßt sich's nimm' lang halbe.
Doch, saa i, wärd i ne-n-als gonge noch in's Gay,
Hät i nit gest im Traum e Baiche kriejt.

Reinhold.

Ei, Ei!
Sind Sie denn furchtsam so?

Lizenziat.

Wie kan merr b'Angst furtschaiche,
Wemmerr als Gspenster sycht, wo aim gar Dachtle raiche,
Wie zletstmol an der Mücl?... I haa mi schunn als Kind
Stark for em Wauwau gförcht.

Fr. Dorthee.

Bryd, gehn un laufe gschwind

An b'Werb un lustre recht, i main, i heer ebs roßle,
Un gehn dnoh zue be Knecht', 's gitt dert noch vil ze boßle
Daß 's Eße-n-in be Wald bezybde kummt. (Grèb ab)

Hr. Starkhans.

Es wurd
Der Herr Stettmaister jez mit em Nobbarjes furt
Sinn us der Stabt. 'Sisch elf... Wenn jez der Pfarrer Faxe
Miecht drinwe, un kämt nit?

Hr. Mehlbrüej.

Der? Un wenn's Dunberaxe
Dät räje, kämt er her, un Kazze schlooße. D'Gutsch
Bringt ne be Gläsler mit un b'Christin' in aim Rutsch.

Hr. Starkhans.

Se gehn mer ali noch in's Wälbel un uf's Mäbbel
Dert under b'Velbebäum un nemme Mukkewäbbel
For b'Schnoole mit.

Mehrere.

Na jo! Mier an!

Hr. Starkhans.

Die junge Lyt,
Die babble-n-ains ewegg for sich!... Na kumme mit.
(Ane ab.)

Siebenter Auftritt.

Gläsler. Christinel.

Christinel.

Myn Vogt, der will halt nit, do müen Si sich gebulbe,
Bis i wurr majereen.

Gläsler.

Was isch nor my Verschulbe,
Was haa-n-i em bänn gmacht? J bin in bäre Stabt
Grab wee verhäxt.

Christinel.

'S buet mier jo ant genue. Was batt
Jez Jer Geprox? 'S isch jo.

Gläsler.

Der Dunder foll bry' fchlaaje;
J worr no' 's Deifels ich un haa's zue bil im Kraaje;
Aer foll nor aacht gänn bär.

Chriftinel.

'S buurt jo nurr noch e Johr.

Gläsler.

Naay! Glych foll's fy', i fumm dämm Alte fuft in b'Hoor.

Chriftinel.

Was? Zell wärb fcheen.

Gläsler.

'S mueß geh'; fuft mach i no' be growwe.
Do fiz i wee-n-ä Krott uf ere Hächel browwe
Un fchamm mi wee-n-ä Hunb un fchnuuf aß wee-n-ä Bär;
Jor b'Hyrooth bin i hie vo' Kolmer fumme här!
J wörbi Bueweprys, wänn i le Froi haim brächti,
Un jez, wo-n-i See län, un wo-n-i oi ä rächti
Fraib an ne haa, loß i See wärli nimml gehn.

Chriftinel.

Was henn Si fich benn z'erft am Klärel fo verfehn?

Gläsler.

'Sifch halt mit üss verwanbt; jez buet mi's grimmi fchäre.

Chriftinel.

Se rebbe Si emol noch mit ber Frau Roothherre,
Un ranje Si fi an, bert geht fi am Gebüfch.

Gläsler.

See hänn erächt. J will grab zuen're loife frifch. (Geht ab.)

Chriftinel.

Er halt b'Prob us un buet recht b'Finger nooch mer fchluzze!
Gottlowebank!... J hät mi hyt ze boot müe'n truzze,
Daß bie verfproche finn un jezzert b'Stunb fchunn hann.
Der Gläsler gfall mer guet, er ifch e fuufrer Mann.
Hät er biß Aamol nit un an be Hänb len Schrunbe,
Un häbbe b'Barble nit fin Gficht efo verfchunbe,
Se wärb er fcheen... Er ifch jez, wie er ifch, un ebs

Jsch meh als nix ... J bät als mit Walkelstainrebs,
Fehlhüenle, Murke Brod verlieb myn Lebbaa nemme,
Eh daß i lebbi blybb ... Was müeßt i mi jez schämme,
Daß die zwai Grubsle noch vor mier henn Hochzyt bo?
E scheene Kuppelbelz het sich der Reinhold so
An mier gewiß verdient, und bo buet au myn Pfebber
Vil vor mi, zell isch wohr; die zway sinn myni Rebber.
J heer ebs wisple drus, was fuselt dort der Bue?
Ah, der stenzt Blueme: wart, bu Strik, i kumm derzue. (Ab

Achter Auftritt.

Hr. Starkhaus. Hr. Mehlbrüej. Reinhold. Wolfgang. Lizenzlat Mehlbrüej.
Pfarrer Christlieb. Zulezt Claus.

Hr. Starkhaus.

Wie wärd's, wemmer bo gschwind e Maistergsängel halbe?
Jer zway un ich mer sinn grab von de letste-n-Albe,
Wo noch als gsunge henn brinn uf der Herrestub.

Hr. Mehlbrüej.

Jo, Bebber, er het recht; bo schmekt es druf au b'Supp,
Un neui Liedle gitt's bym Noochdisch bnoh ze singe.

Lizenzlat.

Säwwrä. J sing glych ebs.

Hr. Starkhaus.

Sie, Reinhold, waiß i, bringe
E Liedel lycht erus, un unser Wolfgang macht
Als bym e Stümbel Liecht glych Vers, daß 's bufft un kracht.

Reinhold.

Jch stimme gleich mit ein.

Wolfgang.

Do kummt der Pfarrer erwwe,
Un bene mücße mer 'rhn lokke-n-un glych herwwe.

Hr. Starkhaus.

Brav! 'Sisch e Versetz, wo nit syn's Glyche findt.
Er, Rothherr, isch Vorstand, mier andri sezze gschwind
Uns bohien ins Gemerk.

Hr. Mehlbrüej setzt sich oben in den Lehnstuhl, die andern setzen sich etwas weiter
unten zu beßen Seiten.)

Hr. Mehlbrüej.
So! Herzaft jez angfange.

Pfarrer (eintretend).
Wie? Hält man hier Gericht, ihr Freunde? Mir ist bange,
So ernst und feierlich euch hier vereint zu sehn.

Hr. Mehlbrüej.
Mer sinn am Maistergsang.

Pfarrer.
Schön, schön! Das mag geschehn.
Darf ich mitsingen auch?

Hr. Mehlbrüej.
Gewiß müe'n Si mitbrumme
Un gar anfange glych, wyl Si der letst sinn kumme;
Der letst het Gaisehoor und gitt drum glych e Pfand.

Pfarrer.
Schön! Sagen Sie mir nur des Liedes Gegenstand.

Hr. Mehlbrüej (feierlich).
Der Pfarrer soll ess ebs von synre Liebste singe!
Drum sang er herzaft an, wenn er's erus kan bringe.

Pfarrer (singt).
Wo die hohen Wasser rauschen,
    Lüfte rein durch Blüthen wehn,
Blieb ich, dem Gesang zu lauschen,
    Horchend an dem Felsen stehn.
Aber wie ich stille stand,
Fern der Zauberklang verschwand.

In des Thales tiefe Gründe
    Zog mich fort der Töne Spur,
Doch verweht vom Abendwinde
    Hört' ich sie von Weitem nur;
Rastlos eilt' ich längs dem Bach
Dem Gesang, dem flieh'nden, nach.

Und des Baches leises Rieseln
    Gattet mit den Tönen sich,
Bis dem Tropfenfall auf Kieseln
    Ganz des Liedes Anmuth wich:

Wohl, o Bächlein, leit' mich fort
Zu des Chors verborgnem Ort!

Doch wie ich mich naht', verstummten
	Schnell der Töne Melodie'n,
Nur die wilden Bienen summten
	Und des Waldes Vögel schrie'n,
Und es ward die finstre Nacht
Einsam in dem Wald durchwacht.

Erst als ich in's Reich der Träume
	Bei der Frühe mich verlor,
Da erklang durch's Laub der Bäume
	Unsichtbar der Zauberchor;
Schwellend her und strömend hin,
Hört' ich ihn bald nah'n, bald flieh'n.

Und die Silberstimmen sangen:
	Nicht die Mühe, nur das Glück,
Hilft dir zu uns zu gelangen,
	Bringt dich auf die Spur zurück.
Nur des Glücks allmächt'gem Drang
Folget heil'ger Lieder Klang.

Einst wirst du uns wieder hören,
	Trägst du fromm des Sehnens Last;
Denn zu unsern Himmelschören
	Führt kein Streben, keine Hast;
Froh, auf unerspähter Bahn
Wirst du wieder dich uns nah'n.

Nun muß ich mit Sehnsucht klagen,
	Alles um mich her ist stumm,
Nach will ich den Tönen jagen,
	Irren durch die Welt herum.
Quälend ist des Lebens Pflicht,
Tönen Liebesstimmen nicht!

	Hr. Mehlbrüej (feierlich).
Guet genn! Guet genn! Guet genn! Der Pfarrer isch e Mann,
Wo sich bym Maistergsang (mit Winken umfragend)

Alle Andern (einfallend).

     Aß Maißter zahe kann.

(Der ganze Spruch wird von allen wiederholt.)

Hr. Mehlbrüej.

Der Wolfgang soll es jez ebs uf syn Hochzyt singe
Drum fang er herzaft an, wenn er's erus kan bringe,

Wolfgang (singt).

Was des Herzens kühnste Wünsche wagen,
 Hat gespendet mir des Himmels Huld:
Seligkeit auf folterndes Verzagen,
 Wonn' auf der Verzweiflung Schuld.

Gnädig trat mit goldnem Göttersegen
 Die Gewährung, hoch vom Felsenthron,
Hin zu mir auf wundervollen Wegen,
 Und der Nacht Gespenster floh'n.

Und der Schönheit Zauberblüthenstengel
 Flocht sie hold in meiner Liebe Kranz,
Und die süße Braut umstrahlt als Engel
 Mich mit überird'schem Glanz.

Tausendfach durchströmt der Duft der Blüthen
 Nun des Tags ätherisch glüh'nden Schein,
Und begeisternd wie aus fernem Süden
 Weh'n die Lüfte lau und rein.

Und ich fühl's, daß der Besel'gung Würde
 Nah' dem Himmel nun ein Dasein rückt,
Welches nicht mehr, eine läst'ge Bürde,
 Nieder mich zur Erde drückt.

Wunderfam verliert sich in Gefühlen
 Der Unendlichkeit die Liebe nun.
Ewig mit Ihr leben, und im kühlen
 Grabe bei Ihr ewig ruh'n!

So ruft laut das Herz, auf dessen Saiten
 Stets die Trau'r sich mit der Lust vermählt,
Weil den kurzen Erdenseligkeiten
 Der Vollendung Weihe fehlt.

Und verstummt tritt die Empfindung wieder
In die Tiefen des Gemüths zurück:
Denn der Aufschwung selbst der höchsten Lieder
Schildert nie der Liebe Glück.

Hr. Mehlbrüej.

Guet genn! Guet genn! Guet genn! Der Wolfgang isch e Mann,
Wo sich bym Maistergsang (mit Winken umfragend)

Die Andern (einfallend).
Aß Maister zahe kan.
(Der Spruch wird von Allen wiederholt.)

Hr. Mehlbrüej.

Der Reinhold soll e Lied uf unsre-n-Immes singe
Im Wald drus; er fang an, wenn er's erus kan bringe.

Reinhold (singt).

Auf der Wiesen grünen Planen,
    Frisch umschwebt von Blüthenduft,
Und beschattet von Platanen,
    Athmend laue Frühlingsluft,
Sitzen wir beim frohen Mahle,
    Geben uns der Freude preis,
Denn es kreisen die Pokale
    Rasch umher nach alter Weis'.

So, nach unsrer Väter Sitte,
    Schwelgen wir im Freien hier,
Zieh'n das Glück in unsre Mitte!
    Wer ist seliger als wir?
Wenn, von Schönen angelächelt,
    Feurig in uns kreist das Blut,
Kühlt, vom Schmeichelwest umfächelt,
    Wieder sich der Wangen Glut.

Ach! so reizend, so begeisternd
    Winkt die schönste Blume nicht,
Als wenn unser Herz bemeisternd
    Lieb aus süßen Blicken spricht!

Was sind alle Harfentöne
  Gegen eines Wortes Laut,
Das die vielgeliebte Schöne
  Heimlich flüsternd uns vertraut?

Seit die rosigen Gestalten
  Scherzend erst und schmachtend dann,
Huldgöttinnen gleich hier walten,
  Ist's um unser Herz gethan.
Fortgezogen, hingerissen,
  Unsrer selbst nicht mehr bewußt,
Tragen wir, ohn' es zu wissen,
  Höll' und Himmel in der Brust!

In der Myrthen dunkle Zweige
  Webt drum heitre Rosen ein;
Vor dem nah'nden Glück entweiche
  Zweifelhafter Hoffnung Pein!
Wie die Herzen sich begegnen,
  Steh' bei jedem treuen Paar,
Seiner Liebe Bund zu segnei
  Priester gleich und Traualtar!

Hr. Mehlbrüeј.

Guet genn! Guet genn! Guet genn! Der Reinhold isch e
                              Mann,
Wo sich im Maistergsang (umfragend)

Die Andern (einfallend).

                   Aß Meister zaye kan.
        (Bird wiederholt.)

Hr. Mehlbrüeј

Der Roothherr soll jez 's Lobb von der Stadt Stroßburj singe,
In unsrer alde Sprooch, wenn er's erus kan bringe.

Hr. Starkhans (singt).

Was isch zell als for e Stadt,
  Wo's so guet isch numme,
Wo merr, was merr han will, glatt
  Volluf kan bekumme;

Wo im Kopf b'Lyt henn ken Roſt,
  Guet ſinn, gſcheib, verſtänbi,
Un, wo Barbel hohlt be Moſt,
  Wiße=n=ußewenbi?

'S wurb, myntwäje, Stroßburj ſin!
  Glökelheū, nit finſter
Iſch's bo, in der Mibbe brinn
  Steht e brächbi's Münſter.
Berri ſycht merr rechts un links,
  Mabbe, Rewe, Felber,
Un bo ſchießt ber Rhyn gar flinks
  Bleau burch grüeni Wälber.

Scheeni Jumfre het's b'ſchwer Meng,
  Un by bemm Arbikkel
Geht's Herz bykke, bakke, ſtreng
  Wie e Perbebikkel.
Dorum raſe noot un wyt
  Männer her un buele,
Bis ſi ſi in b'Kirch aß Bryt
  Ketſche wegg bom Spuele.

Us em Effeff ſinn hie b'Fiſch,
  'S Wilbert, b'Würſt, b'Baſteebe;
'S Flaiſch, 's Gebäch un 's Gſleyels iſch
  Au zuem Ustrumbeebe.
Un Gemüeß het's uf myn Ehc.
  Nienebs ſo, biß wett i,
Kruttköpf, vierbels zentnerſchwer,
  Un zwölſpfünbji Retti.

Un was ſinn nit b'Wyn ſo guet?
  Sinn biß Kopfynſy'rer?
Eſcherceßler, Dirkebluet,
  Bebler, Rychewyrer?
Strohwyn, Kläwner, Finkewyn
  Duen wie Golb im Becher,
Kybberle=n=un Rangwyn ſinn
  D'ärgſte Wabebrecher!

Drum wemm's hie nit gfallt efo,
  Der loß fyn Gebeffer
Un basch ab in's Land nyn, wo,
  Mier an, wachst der Pfeffer.
Hewwe wurd merr mit Gewalt
  Nie so nybji Nare,
Un do loßt merr aine halt
  Nooch em andre fahre.

Whl's hie so isch alewyl,
  Welle mer ess frahe
Un an d'arme Lyt au vil
  Duure=n=alsfurt laye;
Vili joomre jez for Laib,
  Wo mier lusti lache,
Un 's isch, mier an, doch d'greeft Fraib
  Andre Fraib ze mache.

Hr. Mehlbrüej.

Guet genn! Guet genn! Guet genn! Der Rothherr isch e Mann,
Wo sich im Malstergsang (umfragend)

Die Andern (einfallend).

As Maister zaye kan.
(Wird wiederholt.)

Hr. Mehlbrüej.

Der Lizeziat soll ebs vom Lebbiblywe singe,
Drum sang er hurbi an, wenn er's erus kan bringe.

Lizenzlat (singt).

Lang spielt' ich den Begeg nenn' den,
  Von geliebten Begeg nee' ten,
Und wo ich mich hin mocht' wenden,
  Wußte Amor seine steten
Pfeile mir, gleich Feuerbränden,
  Schwervertwundend nachzusenden.
Da war ich ein Sesol lecc' ler
  Von der Leidenschaiten Gier,
Ja, ein armer Gerä derr' ter
  Lag auf Rosen gegen mir.

Darum wurd ich kaltblü lig' ger
Und somit ein Gene see' ner,
Für das Leben Leben dig' ger
Und, gleich einem müden Krieger,
Ein auf Lorbeern Gesun kee' ner.
Doch mit dieser Verbes see' rung
Nicht zufrieden gestel' lett,
Warb der Liebe Qualbethörung
Bald mir wieder bereit' tett.

Doch das Glück floh besei tig' gend
Den Nichtzubefriedi genn' den,
Und nicht mehr sich verwirk lig' gend,
Lösten sich, in Dunst verfliegend,
Alle Wünsche des Hof fenn' den,
Und ein armer Enter' beter
Warb ich, wie ich mocht ei' fern.
Doch daß ich in Freiheit später
Blieb, dank ich den Gespen' stern.

Denn auf's Frey'n jüngst versef see' ner
Als noch nie, ich Heißbren nenn' der,
Heulten Geister verschie dee' ner
Art um mich herum, als wenn der
Böse selbst wär ihr Sen denn' der.
Katzen, Ratzen und Bestii' en
Waren's, die mir zischendrauh
Eine ganze Nacht zuschrieen:
Trau, schau, mjau, bleib ohne Frau.

Hr. Mehlbrüej.

Guet genn! Guet genn! Guet genn! Der Vedder isch e Mann
Wo sich im Maistergsang (umfragend)

Die Andern (einfallend).

Aß { Junggsell
Altgsell
Lehrjung
Vogel } zahe kan.

Lizenziat.

Was? Boßel? Lehrjung? Wie? Wer macht mer de=n=Affrund?
Sinn ebbe myni Vers nit hochdytsch ufgebunde?

Hr. Starkhans.

Der Näz derby isch grob un gar ze lukk, dnoh sinn
Wie im e Gambelmueß viel albi Broke drinn.

Lizenziat.

Söffoh! Sannebbawwrä!

Hr. Starkhans.

Geh Er mer wegg un redd Er,
Wie Imm der Schnawwel isch gewachse, hört Er's, Vedder!

Hr. Mehlbrüej.

Annebabbätscherle, Eyermargreebel, du,
Red du nit welsch eso; de kanst's grad wie e Kue
Spannisch.

Lizenziat.

Was? Un i bin, parrplö, uf de Kanzleye
Von hie der stärkst, säwwrä!

Hr. Mehlbrüej.

Na, na! For was biß Schreye.

Claus (eintretend).

Nix fürr aungnot. I fröau ob err no' bruche d'Pfärd,
Sust rytt i hyt no' heeim.

Hr. Starkhans.

Nix do. 'S isch nit der werth!
Jer blywe by eß hyt.

Hr. Mehlbrüej.

Un wyl mer sinn am Singe,
Se sing Er eß ebs, Claus, wenn Er's crus kan bringe.

Claus.

Do fröau i nix bernoch, geht's nit jist, so geht's hott;
I kon holt 's Stadtdytsch nit, do wurr i gor usgspott.

Lizenziat.

Rong! Mier sinn Herrelyt, Claus, un henn Leweßarbe;
Fang er nurr herzaft an, un loß er eß nit warbe.

Claus (fingt).

I hco-n-a Schoz, 's heeißt Onnemey,
'S isch d'scheenst in aunserm Ort;
I hoo's zua liab un meecht's in b'Eih
Un geh em glott uf's Wort.
'S Maid isch so frisch, so gsaund, so raund,
I gäb's nit um a rings,
Un zennje kinnt i oli Staanb
Hianlöusa zua-n-em slings.

Aes taunzt un springt lycht wia a Kolb,
Wua 's erstmol großt im Riad;
Aes schofft derbya un mocht nix holb
Un zollert si' gärn miad.
Wänn's z' Owes singt, stehn wiast vil Lyt
Glych um's erum im Frohn
Un sperra Mul un Nos uf wyt
Un gehn gor nimm' dervon.

Am Zischbi zletst hoo-n-i em gseit,
Wia mer gewändt hänn 's Höau:
Luöau! Onnemey, moch mer doch b'Freib
Un wurr amol myn Fröau.
Claus, het äs gseit, kummt Zyt, kummt Rooth,
'S will's b'Miader nonnit hon;
Woort riawi drum, friaj obber spoot
Wurrst eeinewäj myn Monn.

Jez woort un woort un woort i schiar
Un woort mi schiar ze boot;
I meein, i miaßt si hon bya miar
Un mit 're theeila 's Brob,
I gäb eeinhaundert Gilde här,
'S isch oles, wos i hoo,
Doß b'Onnemey myn Fröau schunn wär
Un ich vergniajt un froh.

In's ryche Jockels Bua im Dorf
Het long um si gebualt;
Do hoo-n-i em he Bukfel schorf
Cogschmiart un hoo-n-em gschuelt

Un ho.⁊ ꞑⱨ ꞑf ꝺe Bobbꞑ ſꝛcⱨ
Ḧiꞑꞑꝛſ̛cⱨmiꞋⱨꞑ ꞑꝛ. ꞌꞑꝛꝛ ꞁꞑꞌꞁꞁt:
Sꞑꞑⱨ bꞑꝛꞁ ꞑ ꞁꞁ⸗onbꞁꝛi Ouꞁꞁcꞁꞁⱨeⱨ,
Un loꞋ mꞁꝛ b'mⱨꞁ umꝼꞁꞁt.

　　　　Ḧꝛ. MꞑꞋlbꝛꞁꞁj.

Guꞁt ꞁꞁꞁꞁ! Guꞁt ꞁꞁꞁꞁ! Guꞁt ꞁꞁꞁꞁ! bꞁꝛ Clꞑuⱬ, biꞋ iſⱨ ꞁ
　　　　　　　　　　　　　　　Mꞑꞁꞁ,
Wo ſicⱨ Ꞁim Mꞑiſꞁꞁꝛgꞁꞁꞁg (umfꝛꞑgꞁꞁ ˙)
　　　Die Anbꞁꝛꞁ (ꞁinꝼꞑꞁꞁꞁꞁb).
　　　　　AꞋ GꝛoꞋkꞁꞁcⱨt ꞁꞑⱨꞁ kꞑꞁ.

　　　　Ḧꝛ. SꞁꞑꝛꞁꞋꞑꞁⱬ.

Mit ꞁuꝛꞁꝛ ḦⱨꝛoꞋꞌ, Clꞑuⱬ, ſoll'⸗ꞁ ꞁlⱬ ſo lꞑng ꞁit wꞁꞑꞋꝛe;
J ſoꝛ'j bꞁꝛꝼoꝛ. Eꝛꝛ mꞁꞁꞁ ⱨcⱨ ꞁꞑꝛ jꞁⱬt ꞁimm' bꝛum ſⱨꞑꝛe.

　　　　Ḧꝛ. MꞁꞋlbꝛꞁꞁj.

Miꞁꝛ ſiꞁꞁ ꞌꝛt oꞋꞁꞁbiꞋ ꝛꞁⱨt in bꞁꝛ Kubbꞁꞁꞁⱨ.
EꞋ bꞁꝛⱬ ꞌ Dꞑ . ꝛꞁꝛgꞁꞌꞁ, ꞌꞁꞁꞁ ꞁꞁꝛ ꞁuꝛ Aꞁꞁꞁꞁꞁⱨ.

　　　　Liⱬꞁꞁⱬiꞑt.

Pong! Pong! Do wꞁꞌꞌ i b'Bꝛuꞁꞌ bⱨ ꞁuꝛꞁꝛ Ḧocⱨⱬⱨꞁ ſucꝛe.

　　　　Clꞑuⱬ.

E Sⱨmuⱬꞌonb giꞁ i ⱨcⱨ, iꞑꝛ Ḧꞑꝛꝛe.

Ꞁꞁꞁꞁꞁꝛ unꝺ lꞁꞌꞁꞁꝛ Auꞁꞁꞁꞁt.

**Die Bꞁꝛigꞁꞁ. Ꝼꝛ. DoꝛꞌꞋꞁꞁ. Ꝼꝛ. Koꞁꞁꞁ. Ꝼꝛ. Pꝛꞁⱨꞁꞁꝛꞁ. Ꞁiꞁꞁꞁ. Klꞑꝛꞁꞁ.
Cꞌꝛiꞁꞁinꞁꞁ. Ꞁlꞑꞁꞁꝛ unꝺ nꞑⱨꞋꞁꝛ Bꝛⱨꝺ.**

　　　　Ꝼꝛ. DoꝛꞌꞋꞁꞁ (ꞁinꞁꝛꞁꞁꞁnꝺ).

　　　　　　　　　　　Mꞑⱨꞁ b' Düꞁꝛe
Spꞁꝛꝛꞑngꞁꞌuⱨꞁ gꞁꞁwinꝺ uꝼ ſꞁꝛ nꞁui ḦocⱨⱬⱨꞁꞋꞁ.

　　　　Ꝼꝛ. Koſinꞁ (Cꞌꝛiſꞁinꞁꞁ unꝺ Glꞁⱬlꞁꝛ ꝛoꝛſꞁꞁꞌꞁꞁb).

Do iſⱨ ꞁ Pꞁꝛꞁꞁe, wo ꞁꞁꞁwꞁ bꝛuⱬ ſⱨꞁ Ꞁⱨꞁ
Kꞁⱨꞌ ꞌꞁꞁ gꞁbꝛoꞁꞁꞁbiꞁꝛꞁ un ſicⱨ ꞑu '⸗ Woꝛꞁ ꞌꞁꞁ gꞁwꞁ.

　　　　Ḧꝛ. MꞁꞋlbꝛꞁꞁj (ꞁꝛnſꞁ).

'S Woꝛꞁ, biꞋ ꞌꞑꞑ icⱨ ⱬꞁ gꞁnn, i bin bꞁꝛ Vogꞁ.

　　　　Ꝼꝛ. Koſinꞁ.

　　　　　　　　　　　Dꝛuꞁꞁꞁ ꞁꞁꞁwꞁ
Bꝛing i bꞁꝛꝛ bꞑibi ꞌꞁꝛ, bꞑꞋ bꞁ bⱨꞁ Jꞑwoꝛꞁ giſⱨ.

Hr. Mehlbrüej.

'Sisch nonnit majereen, 's Christinel, un do isch
'S nächst Johr no' Zyt genue.

Hr. Starkhans.

Mach Er ken Sparjemende
Hyt, Bebber, saau Er: jo.

Fr. Dorthee.

'S hießbi de Daa verschände,
Wenn Er wott rabbli siu.

Gläsler.

Was haa-n-i dänn geboßt,
Herr Roothherr, daß är mi so groisam vo' sich stoßt?

Hr. Mehlbrüej.

D'Ussstyr vom Maibel isch in Johr un Daa erst fälli,
Wenn syn Brozeß emol gewunne-n-isch.

Lizenziat.

For zelli
Sor'j ich. Ich styr's guet us. Säbbi ... Syn Mueder het
Mer's anrekkummebiert noch uf em Dootebett.

Fr. Prechtere.

Diß isch jez scheen un brav.

Ussel, Klärel (zugleich zu Hrn. Mehlbrüej).

Lon Si sich doch erbibde!

Hr. Mehlbrüej.

Na! Wenn's denn mueß so sin, je bin i's au zefridde:
So scheene Jümferle schlaat merr nit lycht ebs aa.

Fr. Rosine.

So, Alber, jez redst gscheid ... Christinel, kumm un saa,
Wie isch derr's jez ze Mueth?

Christinel.

I bin vor lubber Fraide
Verzwirwelt schier im Kopf.

Fr. Dorthee.

Diß gilt jez Lustberkaide,
Wie wenn hyt Kirwe wärd.

Gläsler.

Aß wee im Barrebiß
Soll's d'Christin' hann by mier. See soll ke wüest Wort, gwiß,
Nie heere vo' mer.

Lizenziat.

Pong, pong! Do isch's best ze hoffe!
Mit guebe Worbe lokt merr d'Hund lyht us em Offe;
E guet's Wort findt au glych e zwebi Statt; e Frau
Isch nit imm Mann syn Maan's un will gladdiert sin au;
Sinn b'Ochse guet gepaart, se zakkre si vil lychder;
Gezankt mueß d'Lieb als hann, doch soll merr uf de Gsichder
Nie R msle sizze lou un hinder d'Ohre nie
Nix schrywe, so mach ich's; säwwrä.

Reinhold.

Die Harmonie
Von günst'gen Zeichen brückt des Segens Wundersiegel
Dem heut'gen Tag nun auf und löst der Zukunft Riegel
Für uns dem nahen Zug von tausendfachem Glück.

Wolfgang.

Dem Himmel sei's gedankt! Ein freudiges Geschick
Wird an der Liebe Hand uns nun durch's Leben lenken.

Pfarrer.

Und eurer Herzen Bund bald edler noch beschenken.

Hr. Starkhans.

Myn silwre Hochzyt hyt bedyt' ebs rechts!... I kenn
Mi werli nimm vor Faßt un Lust un Fraid, un wenn
Erst dnoh d'Hochzydde sinn, do welle mer ains lewe!
Do soll's e Wuch lang nix wie Gastereye gewe!
Dnoh strolche mer durch's Land un fahre z'erscht uf Barr,
Sehn's Mönkalb, Heljestain und Truttehuse gar,
Un esse dert z'Mibbaa un süeßle dnoh un gaise
Nuf uf's Landsperjer Schloß. Am andre Daa geht's Raise
Uf de n-Uebilje Ber'j, b'Bloz nuf, in's Klingedal,
Uf's Lilzzelburjer Schloß, Ottrott un inweral,
Wo's ebs ze sehn gilt, hien. Dnoh buen mer hindri rybbe
Uf d'Säjmüel. Isch's dert scheen! Do isch merr in der Mibbe
Vom ewwerste Gebir'j; dert könne d'Lyt noch bytsch
Un rebbe doch schunn welsch.

Bryb (schnell eintretend).

Es fahre haidebritsch
Zwai Gutsche her an's Guet.

Hr. Starkhans.

Boz Bliz un Haauelwetter!
Der Herr Stettmaister isch's un der Ammaister.

Hr. Mehlbrüej.

Vetter,
Diß isch e großi Ehr!

Fr. Dorthee.

Waiß Gott! Jez nurr gschwind nus!

Hr. Starkhans.

Sizt myn Barrik erecht?

Liffel.

Jo Babbe.

Hr. Starkhans.

Furt! 'S ganz Huus
Mueß ne=n=ergeje gehn mit scheene Bluemestryße,
Druß sinn zwai Zaine voll, un si zuem Willkumm grüeße.
Isch driuwu'n im Huus der Saal gerüst for b'Stund?

F Dorthee.

Schunn lang
Hr. Starkhans.

Guet! ... Füer e jeder jez syn Liebsti furt im Rang.
(Die Herr n geben den Frauenzimmern den Arm. Claus bringt zwei Körbe voll
Blumensträuße, welche die Gesellschaft unter sich vertheilt.)

Lizenziat (der allein ohne Frauenzimmer ist).

Kumm, Bryb, ich füer di, kumm, du knutschligts Gruselbeerel.
(Bryb entfernt sich weigernd.)
Was? du Bißingere! ... Wart nurr.
(Läuft ihr nach, sie bei der Hand fassend.)

Bryb (sich losreißend).

Jo heb's am Derel
I geh bo mit em Claus, der isch myn's Glyches werth.

Lizenziat.

Se gimmer gschwind e Struß un heft ue=n=au, wie's gheert.

Bryb (ihm einen Korb reichend).
Was welle Si? Do sinn.

    Lizenziat.
    E klaine, nurr ken grose!
Buschnäsele, fünf, sechs, un drei vier Eichberrose;
Wenn's Sunneblueme gäbb ... Mach, dummel di! Merr geh..

  Hr. Starkhans (mit Frau Dorthee am Arm vorbeischreitend).
Ken greeßri Fraid isch nie, gewiß so lang b'Welt steht,
Gsin im e Burjershuus. I gspüer frey 's Herz stark bobbl..

    Hr. Mehlbrüej (folgend, mit Fr. Rosine).
Vil Ehr het sunst vil Bschwehr, hyt duet si b'Fraid verdopp..
Wyl b'erste von der Stadt 'rus zue eß gehn aß Frynd.

    Pfarrer (mit Fr. Prechter).
Des Himmels Segen krönt die Mutter, die ihr Kind,
Der Pflege theures Pfand, dem Glück entgegenführet.

    Reinhold (mit Lieschen).
O dreifach süßer Gang! Wir schreiten hin, berühret
Von Amors Myrthenstab, den froh die Treue schwingt!

    Wolfgang (mit Klärchen).
Wenn Herzen gleichgestimmt der Liebe Glut durchdringt,
So wird des Lebens Pflicht zum heitern, leichten Spiele.
Und wie am ersten Tag blüht duftend noch am Ziele
Der Laufbahn, wundervoll, der geist'gen Jugend Kranz.

    Gläßler (mit Christinchen).
I gloib, by Gott, mer geh' frisch zsamme-n-uf be Tanz,
So lustigg isch mer's jez im Kopf un in de Füeß.

    Claus (mit Bryb).
Wänn d'Onnemey nit wärd, dät b'Bryb myn Saz sin müeße.

    Lizenziat
I geh der letst, so macht's der spannisch Kinni au,
Un geh elain, säwwrä — wurrum? i haa ken Frau.
(Der Vorhang fällt.)

Ende.

Wörterbuch

der hier vorkommenden eigentümlichen Ausdrücke.

~~~~~~~~

Aa, ab,
Aabasche, fortgehen.
Aamol, Muttermal.
Aaschmiere, prügeln.
Aaße (von), von selbst, ganz.
Abarbi, besonders, sonderbar (apartig).
Abba, ei, ei; zuweilen auch Bezweiflungs- und Verneinungswörtchen.
Abrebbe, irrereden.
Affrunde, Schimpf (fr. affront).
Aim, einem.
Aimol, ja wohl, ja freilich.
Ainewäj, doch, immerhin.
Alegelbe, jeden Augenblick.
Alewäj, jedenfalls, allerdings.
Alewyl, immer.
Allefanz, altkluger Pinsel.
Als, ehemals, gewöhnlich; oft auch bejahungsweise: gewiß.
Ammaister, bürgerlicher Obervorstand von Straßburg.
Angelmuck, Stachelfliege.
Anhenkerle, Halsschmuck.
Anke, ausgelassene Butter.
Anklozze, anstarren.
Anne, hin (anhin).
Annebabbätscherle, kleinlicher Weichling.
Anplarre, starr ansehen.

Anranze, dreist anreden.
Anrüere, anführen, betrügen.
Anschnaue, anschnurre, anfahren.
Ant (buen), leid sein.
Artli, artig.
Arunkele, Ranunkel.
Aß, als.
Aue, Augen.
Aye, eigen.
Ayebum, Eigentum.
Ayewol, o nein.

Babbeljobbe, fr. papillotes.
Babble, schwatzen.
Badde, helfen, nützen,
Baikre, sterben.
Baiße, beißen.
Balje, schmälen.
Ball, bald.
Bambel, nachlässige Weibsperson.
Barble, Pocken.
Bärdel, kurzfaseriger Hanf
Bäre-n-anbinde (e), zum Spaß belügen.
Barreson, Sonnen- und Regenschirm (parasol).
Barriere, gehorchen, sich fügen.
Barrik, Perücke.

Baßletang, Zeitvertreib (fr. passe-temps).

Baster, Bastard.

Batschbue, ungeschliffener Junge.

Batt ('s) es hilft.

Bebbe, verkleinern.

Bebbelenz, Einfaltspinsel.

Bech genn, schnell fortgehen (Pech).

Bebädje, besänftigen (bethätigen).

Bebbelvogt, Polizeischerge.

Beejelbisch, Tisch für das Bügeln (Plätten) der Wäsche.

Beenel un e Kloz, fig. für: sehr wohlfeil.

Beesgo'bhüts, der Böse, Gott behüte uns.

Beeze, necken.

Beffre, belfern.

Bekumme (alm), begegnen.

Belde, Pappeln.

B'elende, sich betrüben, Mitleid haben.

Beluge, hintergehen.

Bemberle, Federball.

Bennekarch, Korbkarren.

Bermediere, erlauben (fr. permettre).

Bibbel, Kinderbenennung für Huhn.

Bierschilli, im Bierrausch.

Biesel, kleine Silbermünze, Weißpfennig (Goethe: Büsel, von albus).

Bikke, Anfeindung. Glimpfwort für Zorn.

Bilker, mutwillig boshafte Person.

Billele, Pillen.

Bißingere, bissige Person.

Bitschle, einwickeln.

Bizzle (oberländisch), bischen.

Bleauiele, Blaumeisen.

Blebber, breiter Stein oder Stück Metall zum Werfen.

Blebs, Einfaltspinsel.

Bleche, Geld geben.

Blerre, laut weinen (plärren).

Blezzer, Teile des Magens vom Schlachtvieh.

Blindmhsels, Blindekuh.

Blose, blasen, fig. trinken.

Blubb, bloß.

Bluest, Blüte.

Bobbel, sinnlos einfältiger Mensch, Cretin.

Bobberment, Auripigment.

Bobble, pochen.

Bobbelusti, sehr lustig.

Bolke (aine), Jemand mit dem Kopf stoßen, auch: einen Fehler begehen.

Bolisch, polnisch.

Bollhammel, vom Gehen beschmutzter Rand der Kleider, fig. unreinliche Person.

Booße, übelthun; sich verfehlen.

Boßel, Hausknecht.

Boßle, gemeine Hausarbeiten verrichten.

Bräder, Bratenwender-Räderwerk.

Brandle, Brandmeisen.

Breejel (e), ein wenig (Brosame).

Brendsupp, Branntweinportion.

Brenüle, den Geruch der angebrannten Speisen haben.

Brobber, reinlich (fr. propre).

Bromere, Brombeeren.

Brozzerli, Aufsehen erregend.

Brülele, laut schreien, (brüllen).

Bschnobbe, eingeschränkt.

Bschummle, betrügen.

Bübbelspiel, Marionettentheater.

Buchwesch, Wäsche mit Lauge.
Bue, Junge (Bub).
Büen, Boden, Speicher.
Buffer, Schlagstoß mit der Faust.
Bulkel, Höcker; fig. Rücken.
Bumbel, dicke Weibsperson.
Bummer, Haushund.
Bums (uf), auf Borg (von pumpen).
Burjas, Purganz.
Burrleghger, saurer, schlechter Wein.
Burzelkrut, Portulak.
Buschberli, freundlich-munter.
Buschnäjele, Buschnelke.
Buzzebengel, Grobian.
Buzzemummel, Popanz.

Chja, ja, bedenklich ausgesprochen.

Daa, Tag.
Tabeet (uf's), Tapete, Teppich, fig zum Vorschein.
Dachtel, Ohrfeige
Daigaff, dummer Mensch.
Dail, einige, ein Teil.
Daiwlicht, dumm, schläfrig.
Dalwatsch, Lümmel (Tolpatsch)
Dambes, Rausch.
Dängle, leicht auf etwas hämmern (fig. antreiben).
Däsch, Ohrfeige.
Daxe, schlafen (von Dachs).
Debbedat, Gebühr (Deputat).
Deblon, Duplon, Louis d'or
Deffle, schlagen, vorzüglich mit Fäusten.
Deichert, Glimpfwort für Teufel.

Delle, Eindrücke in weiche Substanzen.
Dellere, schlagen.
Delwe, scharren.
Dernochert, dernoh, hernach.
Derjell, jener.
Dert, dort
Dewwre, lärmend tadeln.
Dibbele, geringste Münzsorte (1/2 Sou).
Dichbi, tüchtig.
Diftler, geschickter Kleinigkeitskrämer.
Dnoh, hernach.
Do, da.
Dobe, Tatzen, Hände, Streiche auf die Hände.
Dobriwwer, darüber.
Dofel, Gemälde oder eingerahmtes Bild.
Dogeje, dagegen.
Dolke, Dintenflecken.
Dolwet, dummer Mensch.
Donnit, doch nicht.
Donnix, doch nichts.
Donnoch, doch noch.
Dootebaum, Sarg.
Dopf, Kreisel.
Dotsch, tölpisches Ding.
Drefbatscherle, fig. Ente.
Dreschake, scharf mitnehmen (trischaken).
Drikkle, trocknen, fig. prügeln.
Driwwe, drüben.
Drowwe, droben.
Drumme, trommeln.
Dubbeh, fr. toupet.
Duchentle, Tauchenten.
Dubble, ahnen (fr. douter).
Duele, unterirdische Gosse zur Abführung des Straßenunrats.
Düerangle, plagen, antreiben.

Dukke, klein machen, fig. unterbrücken.
Dukkelmuser, heimtückischer Mensch.
Duliba, Tulpe.
Dummle (sich) eilen, sputen.
Dunder, Donner.
Dundre, donnern.
Durdelbiwelkibber, Turteltäuber.
Durkle, torkeln.
Dürmli, taumelig.
Dujch, Tausch.
Dußle, kleinmachen, sich verkriechen.
Dutt, Papierbüte.
Duttle (oberländisch), dummer Mensch.
Duure, dauern.
Duwak, Tabak.
Duwe, Tauben.
Dymle, foltern (v. den Daumschrauben).

E, ein, eine, und.
Ebbe, etwa.
Ebbes, ebs, etwas.
Ef, Effeff (us em), extragut.
Ellensterle, Schschrank (von canistrum).
Ellümmi, grämlich.
Emol, einmal.
Enandernoh, einander nach.
Enker, Anker.
Epper, Jemand.
Erkle (oberländisch), Zuber.
Err, ihr.
Erwer, ehrbar.
Erzezli, entsetzlich.
Ess, uns.
Estemiere, fr. estimer, schätzen, achten.
Ewwer, Eber.

Ewwezemär, Verwunderungsausruf: ist's möglich! oft auch: es wäre besser.
Eyerbrüeij, Weinsuppe (bei Hochzeiten üblich).
Ey se schlaa, ei so schlage, statt: ei was!

Fahne, fig. Rausch.
Falsch, oft für: zornig.
Fehlhüenle, Scherzwort für: Kartoffeln.
Feruße, von ferne schön scheinen.
Finkle, die Empfindung des Brennens haben (funkeln).
Fischkal, Fiskal
Fizze, mit Ruten streichen.
Fladbierli, fr. flatter, schmeichelnd.
Flechpeeder, Memme, (Flohpeter).
Fols, folgends, vollends.
Fra, zumal, besonders, sogar.
Freau, Frage.
Frischiere, abkühlen.
Frohn (im), in Eifer.
Früejrettjele Frührabischen.
Fuerwerk, fig. für: Spaß.
Fünfer, 1½ Sou.
Funs, Rausch.
Fuußle, mit Vorwitz geschäftig sein.

Gädderschiff, ein Schiff mit Gittergeländer.
Gai:, klettern.
Gaistel, Peitsche (von Geißel).
Gallee, Galeerenstrafe.
Gambelmues, Brei voll alter Brocken.

Gautsche, sich wiegend bewegen.

Gaxe, gackern.

Gay (gehn in's), auf den Schlachtviehlauf ausgehen, u. fig. Mitbewerber von Jemand sein (von Gau)

Gebefz, zorniges Widerreden

Geböbbels, leichtes Pochen.

Gebuebs, knabenartiges Betragen.

Geere, Schoß.

Gehl, gelb.

Gejeschwär, Gegenschwiegervater.

Gelibbels, Wortstreit.

Gelebbers, unnötiges Vergießen von Flüssigkeiten und Hautieren darin.

Geller, unwillkürlicher Schrei.

Gemäh, zahm.

Gemilchd (von Fischmilch), reichhaltig.

Gemuscht, gefleckt.

Genn, geben, gebt.

Gerait, deutlich wahrgenommen.

Gezeebels, Zögerung.

Ghäb, wasserdicht.

Gheere (sich), geziemend sein.

Ghet, gehabt.

Ghyr, geheuer.

Gimble, trödeln.

Gimbler, Trödler.

Gimmer, gib mir.

Gitt, gibt

Glizzere, schillernd, glänzend.

Glunze, glimmen.

Gluri, Schielender.

Glychling, gleich, ebenmäßig.

Göbbel, Taufpatin.

Goggsäj, Gott segne.

Goggschwey, geschweige denn.

Gosch, Mund.

Gottersprich (als), als spräche er.

Grabbel, Hochmut.

Grauel, Menge, fig. Unordnung.

Gräxe, krächzen.

Greetel in der Hed, Blume des Schwarzkümmels.

Gribbi, s. Grybbi.

Grimmle, grübeln, fig. wurmen.

Groble, kriechen, krabbeln.

Grooze, nach trockenem Moder riechen.

Großel, Großmutter.

Großvadder zaye (be), mit beiden Händen am Kopf in die Höhe heben.

Grubfel, zwergartige Person.

Grueusle, den Geruch der vom Tau oder Regen genetzten grünen Felder haben.

Grumbeere, Kartoffeln (von Grundbirn).

Gruiselbeere, Stachelbeere (Rib. grossular.)

Grybbi, heftig; gierig.

Grysche, kreischen.

Gryserli, fig. für außerordentlich (von grausen).

Gschift, geformt (von geschäftet, Schaft, Form, wie im. engl. shape).

Gschlaacht, zart, zahm.

Gschlamassels, Unordnung, Verwirrung.

Gschnau, unfreundliches Anfahren

Gschwache, in Ohnmacht fallen

Gschwey, Schwägerin.

Gsin, gewesen.

Gsprabbel, Ausdehnung, fig. Aufsehen.

Gstunse, steinerne Schnellkügelchen.

Gjurrs, Geschwirr.
Giych, gsycht, sieh, sieht.
Güederwaauebhssel,
Güterwagenbeichsel.
Guff, Stecknadel.
Guh, Geschmack (fr. goût).
Gutkle, Augen.
Güllerle, Hähnchen.
Gunne, gönnen.
Gurjelsprenzersklupp,
Saufgesellscha't.
Gyllle, nach etwas verborg-
nem trachten.

Hääkle, mit Haken herbeiziehen.
Haauäbsele, die Frucht des
Weißdorns.
Hahne, Hahn am Faß, fig.
Rausch.
Haidebritsch, sehr geschwind.
Haiseri, heiser.
Hamsel, Handvoll.
Hann, haben, habt.
Hannikel, Scherzschimpfwort
(von Hans Nikel).
Hänschi, Handschuh.
Hänsle, foppen.
Hanstrapp, Knecht Ru-
precht.
Harrasch, Wut (von Har-
nisch).
Haßliere, schelten.
Häwi, übermütig, kühn, wohl-
gelaunt.
Hawwergais, Brummkreisel.
Haz, Hetze, fig. Steit, Lärm.
Hek (by der), fig. bei der Hand.
Held, für: Spalter (Gehält).
Helje, Bilder auf Papier,
Horn, u s. w. (von Heiligen).
Hemmer, haben wir.
Henn, haben, habt.
Herzgebobbelt, herange-
trawwelt, herzlich geliebt.

Hewwe, heben, festhalten.
Hienhaaule, hinstürzen.
Hiensalle, schwer hinfallen.
Hienschmhße, hinwerfen.
Himble, mangelhaft sein.
Hinderschi, hintersich, rück-
wärts.
Hinnicht, heute Nacht.
Hobbel, kindische Benennung
für Pferd.
Holber, Holunder.
Hoorguffe, Haarnadeln.
Hosselobbel, Hossesad-
springer, scherzhafte Be-
nennung kleiner Buben.
Hott, rechts, beim Fahren.
Hubblecht, schlecht.
Hulle, sitzen (hocken).
Hülche, aushöhlen.
Hunni, Honig.
Hunnifueß, citernder Fuß.
Hnute, hunde, unten.
Hurrlebuß, störrischer, leicht
auffahrender Mensch.
Huuse, zurückschreiten.
Huure, auf den Ferien hocken.
Huusgsäß, Hausgesäß, Miet-
mann.
Huzzel, Schaukel, auch Wald-
birne; fig. als Scherzschimpf-
wort.
Huzzle, hurzle, einen
Menschen auf dem Rücken
tragen.
Hyle, für: weinen (heulen).
Hyps, Rausch.
Hyt, heute.

Jaiche, jagen.
Jast, Flughitze.
Jballiäner, Spezereihändler.
Jeele, laut schreien.
Jehmer, statt Jesus.
Jemes, Jemand.

Jenebs, irgendwo.
Jeße, mit Ruten streichen.
Jist, links, beim Fahren.
Jmm, ihm, bisweilen auch: dem.
Jmme, Bienen.
Jmmehysle, Bienenzellen; Teil von Rindsmagen.
Jmmes, Jmbiß.
Jnne, ihn, ihnen.
Jokel, Jakoben.
Juejeb, Jugend.
Jumfer Saare, Eidechse.
Juge, jauchzen.
Jwweregs, in der Quer.
Jwwerenzi, überflüssig.
Jwwerklaiwe, übertünchen.
Jwwerschläjel, Ueberschlag.
Jwwerschwabble, überschwallen.
Jwwerjurpfe, überschlürfen.

Kachler, Töpfer.
Kaib, Kaiwe, Aas (Schimpfwort).
Kalfalter, Freundschaftsheuchler.
Kalwere, sich wie ein Kalb auf der Erde herumwälzen.
Kambaise, plagen, schlagen.
Kanästjele, Glimpfwort für das fr. canaille.
Käs, fig. hochmütiges Ansehen.
Käzzelere, weibliche Katze.
Kelsch, blauer weißgestreifter Bettzeug.
Ketsch, überweich.
Ketsche, mühsam tragen.
Kaye, fallen, hinwerfen; fig. um etwas besorgt sein, sich kaye; auch ärgern, reuen, scheeren.
Kibbere, lachen.
Klenniz, unnüz.

Kinni, König.
Kirchle, röcheln.
Kiwwel, Zuber, Kübel.
Klabberrose, Kornrosen.
Klaß, Gymnasium.
Klast, helldunkler Schein.
Kläwner, Wein aus Cläwner Reben gewonnen.
Klipfle, mit dem Trommelklöppel schlagen, fig. prügeln.
Klowwe, Kloben.
Klubb, Menge, Masse.
Kluft, Feuerzange.
Knewwlizeh, Knoblauchkeim.
Kuollfink, Scheltwort: Tölpel.
Knuppe, schlecht zusammennähen; Beule, Knoten.
Kojchber, kostbar.
Krabb, Rabe.
Krakeele, lärmend schreien.
Kramanzies, Umstände (Zeremonien).
Kramme, mit den Fingernägeln kratzen.
Krautsche, Fische in ihren Schlupfwinkeln mit den Händen fangen.
Kremb, Fastenspeisehändler.
Kremble, im Kleinen schachern.
Kristiere, fig. antreiben (Klystier).
Krobbebibberbees, krötenbitterböse.
Kröpfe, wurmen, ärgern.
Kryps, Kragen.
Krypße, entwenden, stehlen.
Kryttler, Kräuterhändler.
Kubbler, Kaldauenverläufer
Küelelecht, etwas kühl.
Küffel, Kinnlade.
Kurranze, vornehmen, schmälen.

Kurwlich, unbedachtsam.

Stuzze. (de R. strycke), schmeicheln.

Kybbeleye, Zänkereien.

Lach, das Wasser in den Straßenrinnen.

Lalli, alberner Mensch (v. lalle, mühsam sprechen).

Lange, reichen.

Laoue, Lüge.

Lapple, an etwas hängend in Bewegung sein.

Latschari, Schimpfwort: Bengel.

Lattädel, fr. la tôte.

Laub, für: Lauge.

Läugle, leugnen.

Laum, Ausdünstung, Dampf vom Kochen und Braten, fig. Atem.

Lawendi, lebendig.

Lawwreute, Verlegenheit, Mißgeschick (von Labyrinth).

Laye, legen.

Leb, lau.

Lehre, oft für: lernen.

Lellerle, Pfeffermarzipan.

Lett, Thon.

Lettschenkel, hochbeiniger Tremmel, schlaffer Bursche.

Lezz, unrichtig, schlimm, verkehrt.

Libse, lüpsen, fig. trinken.

Liftling, Windbeutel.

Limble, Lümpchen.

Loffesjele, kleine Käfige für Lockvögel.

Lon, lassen.

Lottle, schwanken, wackeln.

Lubbel, junger Taugenichts.

Lubber, lauter.

Lueaue, schauen (lugen).

Luensche, faul ausgestreckt liegen.

Lutt, locker.

Lumbeglok, fig. Feierabendglocke, um zehn Uhr Nachts.

Lustere, lauschen.

Lycht, Leichenbegängniß.

Lylache, Linnenlacken.

Maggaye, tödten.

Maiselolfer, Spottnamen den die übrigen Elsäßer den Straßburgern beilegen.

Make, Hautflelen, Geschwür.

Mallenfer, kränkelnd (fr. malingre).

Malzi, von gelblichem Aussehn.

Mamficht, dickzusammengekocht, fig. fett.

Mange, Linnen mangeln; fig. bearbeiten.

Männels (guet männels mache), sich wieder einschmeicheln.

Mannigfalt, blätteriger Teil vom Rindsmagen.

Mantlett, Oberkleid (fr. mantelet).

Mehr (was der mehr isch), was schicklich ist.

Mellebiere, verdienen (meritiren).

Mer, mir, wir.

Merr, man.

Meyel, Mariechen.

Meylädbel, Marieläthchen.

Mezersgang; fig. fehlgeschlagener Gang.

Miechbi, würde machen.

Mier, mir, mir (betont).

Miera.., für: gern, es sei.

Mifze, stinken.

Millermahler, Schmetterling.

Milliere (sich), sich in etwas mischen (se mêler).

Mitesserle, schwarze verstopfte Hautporen.

Mitſchel, kleiner Brotlaib.
Mogge, Klumpen.
Moggel, kurzer dicker Menſch.
Mölkle, kleine Aprikoſen.
Mollekopf, Dickkopf.
Morn, morje, morgen.
Muchelſe, nach feuchtem Moder riechen.
Mueme, geifern.
Mü'en, müſſen.
Muer, Schlamm (Moor).
Mukkewaddel, Fliegenwedel.
Mumſel, Biſſen (v. Mundvoll).
Mummel, Heerdſtier.
Munggebrißel, griesgrämliche Perſon.
Murchel, eßbarer Schwamm (Morchel).
Murke, trockner Biſſen.
Murrwaddel, Murrkopf.
Murge, murren.
Muuderig, wird von Vögeln geſagt, die ſich mauſen.
Muuſe, mauſen.
Muzze, putzen.

Na, nu, nun.
Nääche (oberländiſch), Nähe.
Nächb', nächbi, geſtern Abend; vergangene Nacht.
Narbe, flacher Fiſchzuber.
Narrebebe, Narrheiten.
Naſt, Aſt.
Nauſe, kindiſchfleßend bitten
Näz, Nähfaden.
Nazi, Ignaz.
Ne, ihn.
Nees, vorwitzgbösartige Weibspreſon.
Newe, newes, neben.
Newekapp, Schlafhaube
Ribball, nicht bald.

Ribbloß, nicht blos.
Niemes, niemand.
Nienebs, nirgends.
Niggar, nicht gar.
Rigglych, nicht gleich.
Rigguet, nicht gut.
Nimm', nimmi, nicht mehr.
Niß (uf d'), auf den Kopf.
Niwwer, hinüber.
Nixdi, nicht doch (nichts da).
Robe, unreinlicher Menſch.
Rohmebaa, Nachmittag.
Rollang, noch lang.
Nommeh, nommehnder, noch mehr
Ronnit, noch nicht.
Ronnix, noch nichts.
Rooch, nach.
Rooch, (e) Waſſerröhre.
Roochbre, Nachbarn.
Root, nahe.
Roſſo, noch ſo.
Rumme, nur
Ruppe, übellaunige Widerſpenſtigkeit (Raupen).
Rydhammel, neidiſcher, auch zorniger Menſch.
Rydi, neidig, oft auch: choleriſch, zornig.

Obienat, eigenſinnig (obſtinat).
Oige (oberländiſch), Augen.
Onnemey (bäuriſch), Anna Maria.
Dol, Aal.
Dos, Aas.
Oſtergadel, Oſterei.
Owe, Abend.

Pfedder, Taufpate.
Pflatſche, derb fallen
Pflatſchnaſe, breite Naſen

Bsleemel, äußerst verweich-
  lichter Mensch.
Bilette, den Mundverziehen.
Tilenne, fl..nnen.
Tsluuni, Mensch mit auf-
  gelaufnem Gesicht.
Bio, Pfau.
Bjrimme, Ginst (Pfriemen).
Tsubse, schluchzen.
Bsulwe, Pfühl.
Bsumser, Stoß mit der Faust.
Tsiutschnaß, pudelnaß.
Tsuuße, still weinen.
Bleau (Blooi, oberl.), Plage.
Bo, wohlan, nun doch.
Poite Poiler (oberländisch),
  Bauten, Bauler.
Brej'l, Prügel.
Proxe, murren.

Qualle, Keule (Kalbs-
  Schöpsen-)
Cuäxe, quieken.
Quetschle, Zwetschen.

Raan, schlank.
Rabbi, eigensinniglaunisch.
Rabde, fig. üble Laune.
Rabbebaß, launische Person.
Rabbesise, Haberwurzeln,
  (Artifiwurzeln).
Räß, von herbem Geschmad.
Rassel, Plaudertasche.
Hanxe (an), dreist anreden.
Haje, fig. rennen.
Haspelhuus, Zuchthaus.
Raß, böses, leidenschaftliches
  Weib.
Rauchelse, nach Rauch riechen.
Rebs, Wein, der über aus-
  erlesene Trauben, Gewürz
  und Kräuter zu Faß geschlagen
  wird.

Reerle, Schüßrohr.
Reiselviere, entschließen.
Reriche, ausschwayen.
Riß (gewe), prügeln.
Robfe, rausen.
Röllerle, junger Kater.
Roiielbubb, geräuschmachende,
  hohle Holzpuppe.
Roßgöddel, ungezogenes
  Mädchen.
Roßle, raffeln.
Rüewi, ruhig.
Hydere, zittern.
Hyßle, träufeln (rieseln).

Sackbüfferle, Taschenpistol.
Sallvenje (mit), mit Er-
  laubniß (salva venia).
Salvet, Serviette
Salwander, selbander.
Sanggallemarsch, Marsch
  nach dem Gottsacker zu St.
  Gallus; fig. Todesannäherung.
Satt, für: fest, stark.
Schabbobaa, fr. chapeau
  bas.
Schafferich, das Ansehn der
  Arbeit habend.
Schaftring, Kränze von
  Schachtelhalm.
Schaiwle, aufbürden.
Schambebyß, fr. Jean-Bap-
  tiste.
Scharwenzle, lächerliches
  Höflichsein, besonders bei
  Frauenzimmern.
Schaßmeng, Jasmin.
Schebb, schief.
Schebbs, Schöps.
Scheen, Erkältungsfieber.
Scherrel, was sich beim Baden
  an die Pfanne ansetzt.
Schiewesgehn, kaput gehen.
Schilli, Schilling (4 Sous).

Schinder, Henker.
Schlabbe, alte heruntergetre-tene Schuhe oder Pantoffeln; fig. faule Weibspersonen.
Schlekke, lecken.
Schlekkel, gemeines Obst-konfekt.
Schlenkere, schleudern.
Schliebe, abgerissener Lappen.
Schliffel, Grobian.
Schlöbderle, Tadelreden.
Schlooße, hageln.
Schluct, Schindanger.
Schlurpfe, kleine Wein- oder Bierschenke.
Schluzze, saugend an etwas lecken.
Schmedder, Schlag mit der Hand.
Schmele, oft statt: riechen.
Schmiß, Schläge.
Schmizzel, Kußmäulchen.
Schmuerel, schmutziger, unreinlicher Mensch.
Schmuz, Kuß (Schmatz).
Schmuzhond (bäurisch), Hand-tuß.
Schnailecht, kränklich-bleich.
Schnarrmuule, hunger-leiden.
Schnawwliere, essen (v. Schnabel).
Schnebbelapp, ein verheirateten Frauen ausschließlich zustehender Kopfputz.
Schnekkedänz, Ungereimt-heiten.
Schnips, Schnaps.
Schnittli, Schnittlauch.
Schnoof, Schnake, Mücke
Schnuer, Bindfaden.
Schnuffel, Schnauze.
Schnuud, Schnauze.
Schofel, schlecht (schaufel).
Schreye, weinen.

Schrunde, aufgesprungene Haut.
Schubser, leichter Hebstoß.
Schunke, Schinken.
Schunn, schon.
Schußel, Narr.
Schnure, im Haus geschäftig sein, besonders für die Rein-lichkeit (scheuern).
Schwär, Schwiegervater.
Schwardemaaue, Schwarten-magen, große gepreßte Met-wurst.
Schwernix, Glimpfwort für: Schwernot.
Schwowe, Schwaben, auch Plattkäfer (Blatta orient).
Sessel, Stuhl.
Sester, Scheffel.
Seyerst, Sigrist, Küster.
Seyllecht, triefend.
Simmer, simmier, sind wir.
Siu, sein (Zeitwort).
Sinn, sind, seid, seien.
Siuner, Faßmesser, Aicher.
Spalke, nach etwas werfen, zielen.
Späne, fig. Geld.
Spanhaizel, Spanferkel.
Sparjemende, Vorwände aus Laune.
Speltiv, Fernglas.
Spik, Lavendel.
Spikkliere, spekulieren.
Spizzekrämer, fig. kluger Mann.
Sporestrads, spornstreichs.
Sprenze, begießen.
Spurre, stark laufen.
Spyzze, speien, spucken.
Staches, schwacher, einfältiger Mensch.
Staiwe, stäuben, fig. fort-jagen

Stäubel, kleine hölzerne Bude.
Ständerlings, im Stehen.
Stanges, ein Kartenspiel.
Stebbi, widerspenstig (stätig).
Stellelburjer, Spiesbürger.
Stembeneye, Erdichtungen, Vorwände.
Stenze, stehlen.
Stettmaister, adeliger Obervorstand der Stadt.
Stiwwliere, stipulieren.
Stobe füere, Schwänke hersagen.
Stopfnobel, Steppnadel.
Storze, Baumstrunk.
Stratwle, sich sträuben.
Stramble, die Füße hin und her bewegen, fig. sich Mühe geben.
Strehl, Kamm.
Strillet, Strickzeug.
Strolche, herumziehen.
Strubble, sehr geschwind sprechen (Strudel).
Struwwlos, skurpulos.
Strywle, Pfannenbackwerk.
Stund, fig. Verlobung.
Stybbere, unterstützen.
Suff, Trunkenheit.
Suffchel, Sophiechen.
Suureemes, saurer Wein.
Sybebrybel, Weichling, seidenes Püppchen (Brybel).
Syfre, säubern.
Syn, sein (Fürwort).

Tibliere, titulieren.
Traaue, tragen.
Trafari, Lärm, Tumult.
Trawebble, affektirtes Trippeln.
Trenbler, saumseliger Mensch.
Tripsbrill, Einfaltspinsel.

Triwwliere, treiben (tribulieren).
Trudle, langsam sein.
Truele, sich beim Essen beschmutzen.
Trutschel, gutmütig dummes Geschöpf.
Truzze, maulen, mit Jemand schmollen.
Trywel, Trauben.
Turne, stark an etwas anfahrend stoßen (z. B. bei Schiffen).

Uelri ruefe (imm), dem Ulrich rufen, scherzweise für: sich erbrechen.
Ufgepflunze, aufgelaufen.
Uflenze, aufhalten.
Umkeit, ungehudelt.
Unb'schraue, unbeschrieen, unbemerkt.
Ungabbi, unartig.
Ungezahlt, man möchte sagen.
Untädel, Makel.
Unway, nicht in Ordnung.
Urschel, Ursula.
Usbälgle, ausbälgen.
Usgelaart, eingerichtet (ausgelaart).
Usgserbt, abgezehrt.
Uspflekke, durch Nachahmung der Geberden verspotten.
Uuze, durch Spott in's Lächerliche ziehen.

Velli, völlig.
Verblemble ('s Geld), im Kleinen verschwenden.
Verbattert, wie versteinert.
Verbangle, leicht verhämmern.

Verbrille, verdrehend ver-
wirreln.
Verbutscht, verheimlicht.
Verflakkere, flammend ver-
brennen.
Verfluemt, Glimpfwort für:
verflucht.
Vergaulle, bezaubern.
Vergelstert, geängstigt.
Verheye, zerbrechen.
Verhobse, verscherzen.
Verhoore, zerzausen.
Verhubble, verwirren.
Verhunze, verderben.
Verkallebiere, sich über-
eilen (galoppieren).
Verknetsche, erdrücken, zu-
sammenpressen.
Verknoze, durch Druck im
Greifen etwas verderben.
Verkoomt, abgezehrt, ver-
kommen.
Verkrawwle (sich), fig.
sich zerarbeiten.
Verlecht, verlöchert, leck, ver-
trocknet.
Vermümfle-n-un ver-
mampfle, verkauen (v.
Mumfel); fig. nicht gerade
herausjagen.
Vernäje (sich), grüßend
verbeugen.
Verrewle, im Hinziehen sein.
Verrowoße, in übeln Zu-
stand setzen, verwüsten.
Verschammeriert, närrisch
verliebt.
Verschirpfe (sich), durch
Anstreifen die Haut ver-
wunden.
Verschleckt, lecker.
Verschlenze, der Länge nach
zerreißen.
Verschnappe, sich plaudernd
verraten, zu viel sagen.

Versole, wörtlich oder thät-
lich mißhandeln.
Verspore, langsam vermodern.
Verstawert, erstarrt.
Vertrakt, verworren, falsch.
Verwefere, sich außer Atem
arbeiten, fig. eifern.
Verzähle, erzählen.
Verzwazzle, vor Affekt fast
vergehen.
Verzwirwelt, verwirrt.
Veziere, spaßen.
Vogt, Vormund.
Vorrobse, Vorwürfe machen.

Wabbel, Schweif.
Waidling, Kahn aus drei
Brettern.
Wakkelstain, großer Roll-
kiesel.
Wakkelstainrebs, fig. Brunn-
wasser (s. Rebs).
Waldbrueder, Eremit.
Watsch, Backenstreich.
Wauwau, Hausgespenst.
Wayer, ja wirklich.
Weggbuzze, wegnehmen,
stehlen.
Wekke, fig. Keil.
Welle, wollen.
Welsche, das Deutsche in
französischer Manier sprechen.
Wemmer, wenn wir.
Wemmerr, wenn man.
Werb, Wegdamm.
Werbaa, Werktag.
Werli, wahrlich.
Werzi, werzina, wahr-
haftig, wahrlich nun.
Wikkle, fig. schlagen, durch-
prügeln.
Windseechdel, kleiner Fächer.
Wirwelschwe, runde, ge-
gossene Glasscheiben.

Wisple, flüstern
Wistviljes, der Alles zu wissen glaubt (Wißvielius).
Witsche, entwischen.
Witt, willst.
Wixe, wichsen, sig schlagen, prügeln.
Wo, oft für: welcher, welche, welches.
Wobe, Wappen.
Wohret, Wahrheit
Wolfel, wohlfeil.
Worre, geworden.
Wott, wollte; oft auch: weich, wie.
Wuch, Woche.
Wuest, Unreinigten.
W...est, häßlich, unreinlich.
Wüestel, Wüstling.
Wuexe, sich zum Brechen räuspern.
Wule, wule, Lockruf für Enten und Gänse.
Wunderfizzi, neugierig
Wurr, wurst, wurd, werde, wirst, wird
Wurrwerk, Wirrwar.
Wurstle, wurstartig umwinden.
Wurstler, Wurstmacher.
Wußele, kleines, munteres Geschöpf.
Wußle, Leben im Kleinen haben, wimmeln.
Wybble, von Weitem her schön scheinen.
Wynleauel, Weinlogel.

Yjri, eifrig
Yl, Eule.

Yngschnurrt, eingeschrumpft.
Ynmummle, vermummen.

Zaine, flache Körbe.
Zattre, pflügen fig. mit Mühe arbeiten (von Acker).
Zawwle, zappeln.
Ze, zu, auch nach harten Selbstlautern: so.
Zeller, zelli, zell, jener, jene, jenes.
Zennje, mit Vorsatz expreß.
Zey, Zeuch und Zeuge.
Zeye, ziehen.
Zibber, seit, seither, seitdem
Zikkel, Kinderbenennung von Ziegen.
Zinke, Endausläufer von etwas Zweigartigem.
Zipfel, fig. Einfaltspinsel.
Zirlemirle, Schnörkelzüge.
Zirrinke, spanischer Flieder (syringa vulg.).
Zischdi, Dienstag (Zinstag).
Ziwwelblose, die hohlen Stengel der Zwiebelpflanze
Ziwwele, kleine Zwiebeln.
Zix, Scherzwort für: Kerl.
Z'letst, letzthin.
Zöpf, Haarflechten, den unverheirateten Frauenzimmern eigentümlich.
Zozies, Gesell (socius).
Zünde, für: leuchten; einen Schlag versetzen.
Zundelbatscher, Zunderbereiter.
Zwazzlicht, überlebhaft, in starker Gemütsbewegung.
Zybbi, reif (zeitig).
Zysel, Zeisig.